莎士比亚全集·中文本（典藏版）
William Shakespeare: Complete Works

［英］威廉·莎士比亚（William Shakespeare）著

辜正坤 主编／彭发胜 译

一 报 还 一 报

Measure for Measure

外语教学与研究出版社
北京

京权图字：01-2016-4994

图书在版编目 (CIP) 数据

一报还一报 ／（英）威廉·莎士比亚（William Shakespeare）著；彭发胜译.
北京：外语教学与研究出版社，2024.6. ——（莎士比亚全集 ／ 辜正坤主编）.
ISBN 978-7-5213-5332-7

I. I561.33

中国国家版本馆 CIP 数据核字第 2024SV1955 号

一报还一报
YI BAO HUAN YI BAO

出 版 人　王　芳
项目负责　邢印姝　郭芮萱
责任编辑　都楠楠
责任校对　徐　宁
封面设计　张　潇
出版发行　外语教学与研究出版社
社　　址　北京市西三环北路 19 号（100089）
网　　址　https://www.fltrp.com
印　　刷　三河市北燕印装有限公司
开　　本　710×1000　1/16
印　　张　9.5
字　　数　152 千字
版　　次　2024 年 6 月第 1 版
印　　次　2024 年 6 月第 1 次印刷
书　　号　ISBN 978-7-5213-5332-7
定　　价　68.00 元

如有图书采购需求，图书内容或印刷装订等问题，侵权、盗版书籍等线索，请拨打以下电话或关注官方服务号：
客服电话：400 898 7008
官方服务号：微信搜索并关注公众号"外研社官方服务号"
外研社购书网址：https://fltrp.tmall.com

物料号：353320001

出版说明

　　1623 年，莎士比亚的演员同僚们倾注心血结集出版了历史上第一部《莎士比亚全集》——著名的第一对开本，这是三百多年来许多导演和演员最为钟爱的莎士比亚文本。2007 年，由英国皇家莎士比亚剧团（Royal Shakespeare Company）推出的《莎士比亚全集》，则是对第一对开本首次全面的修订。

　　本套《莎士比亚全集》新汉译本，正是依据当今莎学界最负声望的皇家版《莎士比亚全集》翻译而成。译本的凡例说明如下：

　　一、文体：剧文有诗体和散体之分。未及最右行末即转行的为诗体。文字连排、直至最右行末转行的，则为散体。

　　二、舞台提示：

　　1）角色的上场与下场及其他舞台提示以仿宋体排出，穿插于剧文中的舞台提示以圆括号进行标注，如：（对亨利王子）。

　　2）舞台提示中的特殊符号。译本所依据的皇家版《莎士比亚全集》的编辑者对舞台提示中的不确定情形以特殊符号予以标注，译本亦保留了这些符号：如（旁白？）表示某行剧文既可作为旁白，亦可当作对话；又如某个舞台活动置于箭头↓↓之间，表示它可发生在一场戏中的多个不同时刻。

　　三、脚注：脚注中除标注有"译者附注"字样的，均译自或改编自皇家版《莎士比亚全集》注释。脚注多为对剧文中背景知识及专名的解释，以使读者更好地理解剧情；亦包含部分与英文原文相关的脚注，以使读者在品味译者的佳文时，亦体验到英文原文的精妙。

四、文本：译本以第一对开本为蓝本，部分剧目中四开本与之明显相异的段落亦有译出，附于正文之后，供读者参考。

此《莎士比亚全集》新汉译本历经策划、翻译、编辑加工和印装等工序，各个环节的参与者均竭尽全力，力求完美，但由于水平、精力所限，难免有所错漏，敬请广大读者赐教指正。

外语教学与研究出版社

综合出版事业部

莎士比亚诗体重译集序

辜正坤

他非一代骚人，实属万古千秋。

这是英国大作家本·琼森（Ben Jonson）在第一部《莎士比亚全集》（*Mr. William Shakespeares Comedies, Histories, & Tragedies*, 1623）扉页上题诗中的诗行。三百多年来，莎士比亚在全球逐步成为一个家喻户晓的名字，似乎与这句预言在在呼应。但这并非偶然言中，有许多因素可以解释莎士比亚这一巨大的文化现象产生的必然性。最关键的，至少有下面几点。

首先，其作品内容具有惊人的多样性。世界上很难有第二个作家像莎士比亚这样能够驾驭如此广阔的题材。他的作品内容几乎无所不包，称得上英国社会的百科全书。帝王将相、走卒凡夫、才子佳人、恶棍屠夫……一切社会阶层都展现于他的笔底。从海上到陆地，从宫廷到民间，从国际到国内，从灵界到凡尘……笔锋所指，无处不至。悲剧、喜剧、历史剧、传奇剧，叙事诗、抒情诗……都成为他显示天才的文学样式。从哲理的韵味到浪漫的爱情，从盘根错节的叙述到一唱三叹的诗思，波涛汹涌的情怀，妙夺天工的笔触，凡开卷展读者，无不为之拊掌称绝。即使只从莎士比亚使用过的海量英语词汇来看，也令人产生仰之弥高的感觉。德国语言学家马克斯·缪勒（Max Müller）原以为莎士比亚使用过的词汇最多为 15,000 个，事后证明这当然是小看了语言大师的词汇储藏量。美国教授爱德华·霍尔登（Edward Holden）经过一番考察后，认为至少达 24,000 个。可是他哪里知道，这依然是一种低估。有学者甚至声称用电脑检索出莎士比亚用的词汇多达 43,566 个！当然，这些数据还不是莎士比亚作品之所以产生空前影响的关键因素。

其次，但也许是更重要的原因：他的作品具有极高的娱乐性。文学作品的生命力在于它能寓教于乐。莎士比亚的作品不是枯燥的说教，而是能够给予读者或观众极大艺术享受的娱乐性创造物，往往具有明显的煽情效果，有意刺激人的欲望。这种艺术取向当然不是纯粹为了娱乐而娱乐，掩藏在背后的是当时西方人强有力的人本主义精神，即用以人为本的价值观来对抗欧洲上千年来以神为本的宗教价值观。重欲望、重娱乐的人本主义倾向明显对重神灵、重禁欲的神本主义产生了极大的挑战。当然，莎士比亚的人本主义与中国古人所主张的人本主义有很大的区别。要而言之，前者在相当大的程度上肯定了人的本能欲望或原始欲望的正当性，而后者则主要强调以人的仁爱为本规范人类社会秩序的高尚的道德要求。二者都具有娱乐效果，但前者具有纵欲性或开放性娱乐效果，后者则具有节欲性或适度自律性娱乐效果。换句话说，对于 16、17 世纪的西方人来说，莎士比亚的作品暗中契合了试图挣脱过分禁欲的宗教教义的约束而走向个性解放的千百万西方人的娱乐追求，因此，它会取得巨大成功是势所必然的。

第三，时势造英雄。人类其实从来不缺善于煽情的作手或视野宏阔的巨匠，缺的常常是时势和机遇。莎士比亚的时代恰恰是英国文艺复兴思潮达到鼎盛的时代。禁欲千年之久的欧洲社会如堤坝围裹的宏湖，表面上浪静风平，其底层却汹涌着决堤的纵欲性暗流。一旦湖堤洞开，飞涛大浪呼卷而下，浩浩汤汤，汇作长河，而莎士比亚恰好是河面上乘势而起的弄潮儿，其迎合西方人情趣的精湛表演，遂赢得两岸雷鸣般的喝彩声。时势不光涵盖社会发展的总趋势，也牵连着别的因素。比如说，文学或文化理论界、政治意识形态对莎士比亚作品理解、阐释的多样性与莎士比亚作品本身内容的多样性产生相辅相成的效果。"说不尽的莎士比亚"成了西方学术界的口头禅。西方的每一种意识形态理论，尤其是文学理论，要想获得有效性，都势必会将阐释莎士比亚的作品作为试金石。17 世纪初的人文主义，18 世纪的启蒙主义，19 世纪的浪漫主义，20世纪的现实主义或批判现实主义，都不同程度地、选择性地把莎士比亚作品作为阐释其理论特点的例证。也许 17 世纪的古典主义曾经阻遏过西方人对莎士比亚作品的过度热情，但是 19 世纪的浪漫主义流派却把莎士比亚作品推崇到无以复加的崇高地位，莎士比亚俨然成了西方文学的神灵。20 世纪以来，西方资本主义阵营和社会主义阵营可以说在意识形态的各个方面都互相对立，势同水火，可是在对待莎士比亚的问题上，居然有着惊人的共识与默契。不用说，社会主义阵营的立场与社会主义理论的创始人马克思（Karl Marx）、恩格斯（Friedrich Engels）个人的审美情趣息息相关。马克思一家都是莎士比亚的粉丝；马克思称莎士比亚为"人类最伟大的天才之一，人类文学奥林波斯山上的宙斯"！他号召作家们要更加莎士比亚化。恩格斯甚至指出："单是《快乐的温莎巧妇》[1] 的第一幕就比全部德国文学包含着更多的生活气息。"不用说，这些话多多少少有某种程度的文学性夸张，但对莎士比亚的崇高地位来说，却无疑产生了极大的推动作用。

第四，1623 年版《莎士比亚全集》奠定莎士比亚崇拜传统。这个版本即眼前译本所依据的皇家版《莎士比亚全集》（*The RSC William Shakespeare: Complete Works*，2007）的主要内容。该版本产生于莎士比亚去世的第七年。莎士比亚的舞台同仁赫明奇（John Heminge）和康德尔（Henry Condell）整理出版了第一部莎士比亚戏剧集。当时的大学者、大

1　英文剧名为 The Merry Wives of Windsor，朱生豪先生译作《温莎的风流娘儿们》；重译本综合考虑剧情和英文书名，译作《快乐的温莎巧妇》。

作家本·琼森为之题诗，诗中写道："他非一代骚人，实属万古千秋。"这个调子奠定了莎士比亚偶像崇拜的传统。而这个传统一旦形成，后人就难以反抗。英国文学中的莎士比亚偶像崇拜传统已经形成了一种自我完善、自我调整、自我更新的机制。至少近两百年来，莎士比亚的文学成就已被宣传成世界文学的顶峰。

第五，现在署名"莎士比亚"的作品很可能不只是莎士比亚一个人的成果，而是凝聚了当时英国若干戏剧创作精英的团体努力。众多大作家的智慧浓缩在以"莎士比亚"为代号的作品集中，其成就的伟大性自然就获得了解释。当然，这最后一点只是莎士比亚研究界若干学者的研究性推测，远非定论。有的莎士比亚著作爱好者害怕一旦证明莎士比亚不是署名为"莎士比亚"的著作的作者，莎士比亚的著作便失去了价值，这完全是杞人忧天。道理很简单，人们即使证明了《红楼梦》的作者不是曹雪芹，或《三国演义》的作者不是罗贯中，也丝毫不影响这些作品的伟大价值。同理，人们即使证明了《莎士比亚全集》不是莎士比亚一个人创作的，也丝毫不会影响《莎士比亚全集》是世界文学中的伟大作品这个事实，反倒会更有力地证明这个事实，因为集体的智慧远胜于个人。

皇家版《莎士比亚全集》译本翻译总思路

横亘于前的这套新译本，是依据当今莎学界最负声望的皇家版《莎士比亚全集》进行翻译的，而皇家版又正是以本·琼森题过诗的1623年版《莎士比亚全集》为主要依据。

这套译本是在考察了中国现有的各种译本后，根据新的历史条件和新的翻译目的打造出来的。其总的翻译思路是本套译本主编会同外语教学与研究出版社的相关领导和责任编辑讨论的结果。总起来说，皇家版《莎士比亚全集》译本在翻译思路上主要遵循了以下几条：

1. 版本依据。如上所述，本版汉译本译文以英国皇家版《莎士比亚全集》为基本依据。但在翻译过程中，译者亦酌情参阅了其他版本，以增进对原作的理解。

2. 翻译内容包括：内页所含全部文字。例如作品介绍与评论、正文、注释等。

3. 注释处理问题。对于注释的处理：1）翻译时，如果正文译文已经将英文版某注释的基本含义较准确地表达出来了，则该注释即可取消；2）如果正文译文只是部分地将英文版对应注释的基本含义表达出来，则该注释可以视情况部分或全部保留；3）如果注释本身存疑，可以在保留原注的情况下，加入译者的新注。但是所加内容务必有理有据。

4. 翻译风格问题。对于风格的处理：1）在整体风格上，译文应该尽量逼肖原作整体风格，包括以诗体译诗体，以散体译散体；2）在具体的文字传输处理上，通常应该注重汉译本身的文字魅力，增强汉译本的可读性。不宜太白话，不宜太文言；文白用语，宜尽量自然得体。句子不要太绕，注意汉语自身表达的句法结构，尤其是其逻辑表达方式。意义的异化性不等于文字形式本身的异化性，因此要注意用汉语的归化性来传输、保留原作含义的异化性。朱生豪先生的译本语言流畅、可读性强，但可惜不是诗体，有违原作形式。当下译本是要在承传朱先生译本优点的基础上，根据新时代的读者审美趣味，取得新的进展。梁实秋先生等的译本，在达意的准确性上，比朱译有所进步，也是我们应该吸纳的优点。但是梁译文采不足，则须注意避其短。方平先生等的译本，也把莎士比亚翻译往前推进了一步，在进行大规模诗体翻译方面作出了宝贵的尝试，但是离真正的诗体尚有距离。此外，前此的所有译本对于莎士比亚原作的色情类用语都有程度不同的忽略，本套皇家版译本则尽力在此方面还原莎士比亚的本真状态（论述见后文）。其他还有一些译本，亦都应该受到我们的关注，处理原则类推。每种译本都有自己独特的东西。我们希望美的译文是这套译本的突出特点。

5.借鉴他种汉译本问题。凡是我们曾经参考过的较好的译本，都在适当的地方加以注明，承认前辈译者的功绩。借鉴利用是完全必要的，但是要正大光明，避免暗中抄袭。

6.具体翻译策略问题特别关键，下文将其单列进行陈述。

莎士比亚作品翻译领域大转折：真正的诗体译本

莎士比亚首先是一个诗人。莎士比亚的作品基本上都以诗体写成。因此，要想尽可能还原本真的莎士比亚，就必须将莎士比亚作品翻译成为诗体而不是散文，这在莎学界已经成为共识。但是紧接而来的问题是：什么叫诗体？或需要什么样的诗体？

按照我们的想法：1）所谓诗体，首先是措辞上的诗味必须尽可能浓郁；2）节奏上的诗味（包括分行）等要予以高度重视；3）结合中国人的审美习惯，剧文可以押韵，也可以不押韵。但不押韵的剧文首先要满足前两个要求。

本全集翻译原计划由笔者一个人来完成。但是，莎士比亚的创作具有惊人的多样性，其作品来源也明显具有莎士比亚时代若干其他作家与作品的痕迹，因此，完全由某一个译者翻译成一种风格，也许难免偏颇，难以和莎士比亚风格的多样性相呼应。所以，集众人的力量来完成大业，应该更加合理，更加具有可操作性。

具体说来，新时代提出了什么要求？简而言之，就是用真正的诗体翻译莎士比亚的诗体剧文。这个任务，是朱生豪先生无法完成的。朱先生说过，他在翻译莎士比亚作品时，"当然预备全部用散文译出，否则将要了我的命"。[1] 显然,朱先生也考虑过用诗体来翻译莎士比亚著作的问题,但是他的结论是:第一,靠单独一个人用诗体翻译《莎士比亚全集》是办不到的,会因此累死;第二,他用散文翻译也是不得已的办法,因为只有这样他才有可能在有生之年完成《莎士比亚全集》的翻译工作。

将《莎士比亚全集》翻译成诗体比翻译成散文体要难得多。难到什么程度呢?和朱生豪先生的翻译进度比较一下就知道了。朱先生翻译得最快的时候,一天可以翻译一万字。[2] 为什么会这么快?朱先生才华过人,这当然是一个因素,但关键因素是:他是用散文翻译的。用真正的诗体就不一样了。以笔者自己的体验,今日照样用散文翻译莎士比亚剧本,最快时也可达到每日一万字。这是因为今日的译者有比以前更完备的注释本和众多的前辈汉译本作参考,至少在理解原著时,要比朱先生当年省力得多,所以翻译速度上最高达到一万字是不难的。但是翻译成诗体就是另外一回事了。这比自己写诗还要难得多。写诗是自己随意发挥,译诗则必须按照别人的意思发挥,等于是戴着镣铐跳舞。笔者自己写诗,诗兴浓时,一天数百行都可以写得出来,但是翻译诗,一天只能是几十行,统计成字数,往往还不到一千字,最多只是朱生豪先生散文翻译速度的十分之一。梁实秋先生翻译《莎士比亚全集》用的也是散文,但是也花了 37 年,如果要翻译成真正的诗体,那么至少得 370 年!由此可见,真正的诗体《莎士比亚全集》汉译本的诞生,有多么艰难。此次笔者约稿的各位译者,都是用诗体翻译,并且都表示花费了大量的时间,

---

1　见朱生豪大约在 1936 年夏致宋清如信:"今天下午,我试译了两页莎士比亚,还算顺利,不过恐怕终于不过是 Poor Stuff 而已。当然预备全部用散文译出,否则将要了我的命。"(《伉俪:朱生豪宋清如诗文选》下卷,中国青年出版社,2013 年,第 94 页)

2　朱生豪:"今天因为提起了精神,却很兴奋,晚上译了六千字,今天一共译一万字。"(同上,第 101 页)

皇家版《莎士比亚全集》译本凝聚了诸位译者的多少努力，也就不言而喻了。

翻译诗体分辨：不是分了行就是真正的诗

　　主张将莎士比亚剧作翻译成诗体成了共识，但是什么才是诗体，却缺乏共识。在白话诗盛行的时代，许多人只是简单地认定分了行的文字就是诗这个概念。分行只是一个初级的现代诗要求，甚至不必是必然要求，因为有些称为诗的文字甚至连分行形式都没有。不过，在莎士比亚作品的翻译上，要让译文具有诗体的特征，首先是必定要分行的，因为莎士比亚原作本身就有严格的分行形式。这个不用多说。但是译文按莎士比亚的方式分了行，只是达到了一个初级的低标准。莎士比亚的剧文读起来像不像诗，还大有讲究。

　　卞之琳先生对此是颇有体会的。他的译本是分行式诗体，但是他自己也并不认为他译出的莎士比亚剧本就是真正的诗体译本。他说：读者阅读他的译本时，"如果……不感到是诗体，不妨就当散文读，就用散文标准来衡量"。[1]这是一个诚实的译者说出的诚实话。不过，卞先生很谦虚，他有许多剧文其实读起来还是称得上诗体的。原因是什么？原因是他注意到了笔者上文提到的两点：第一，诗的措辞；第二，诗的节奏。只不过他迫于某些客观原因，并没有自始至终侧重这方面的追求而已。

　　显然，一些译本翻译了莎士比亚的剧文，在行数上靠近莎士比亚原作，措辞也还流畅。这些是不是就是理想的诗体莎士比亚译本呢？笔者认为，这还不够。什么是诗，对于中国人来说有几千年的历史，我们不

1　卞之琳：《莎士比亚悲剧四种》，方志出版社，2007年，第4页。

能脱离这个悠久的传统来讨论这个问题。为此，我们不得不重新提到一些基本概念：什么是诗？什么是诗歌翻译？

诗歌是语言艺术，诗歌翻译也就必须是语言艺术

讨论诗歌翻译必须从讨论诗歌开始。

诗主情。诗言志。诚然。但诗歌首先应该是一种精妙的语言艺术。同理，诗歌的翻译也就不得不首先表现为同类精妙的语言艺术。若译者的语言平庸而无光彩，与原作的语言艺术程度差距太远，那就最多只是原诗含义的注释性文字，算不得真正的诗歌翻译。

那么，何谓诗歌的语言艺术？

无他，修辞造句、音韵格律一整套规矩而已。无规矩不成方圆，无限制难成大师。奥运会上所有的技能比赛，无不按照特定的规矩来显示参赛者高妙的技能。德国诗人歌德（Johann Wolfgang von Goethe）《自然和艺术》（"Natur und Kunst"）一诗最末两行亦彰扬此理：

非限制难见作手，

唯规矩予人自由。[1]

艺术家的"自由"，得心应手之谓也。诗歌既为语言艺术，自然就有一整套相应的语言艺术规则。诗人应用这套规则时，一旦达到得心应手的程度，那就是达到了真正成熟的境界。当然，规矩并非一点都不可打破，但只有能够将规矩使用到随心所欲而不逾矩的程度的人，才真正有资格去创立新规矩，丰富旧规矩。创新是在承传旧规则长处的基础上来进行的，而不是完全推翻旧规则，肆意妄为。事实证明，在语言艺术上

1　In der Beschränkung zeigt sich erst der Meister, / Und das Gesetz nur kann uns Freiheit geben. 参见 http://www.business-it.nl/files/7d413a5dca62fc735a072b16fbf050b1-27.php.

凡无视积淀千年的诗歌语言规则，随心所欲地巧立名目、乱行胡来者，
永不可能在诗歌语言艺术上取得大的成就，所以歌德认为：

　　若徒有放任习性，

　　则永难至境遨游。[1]

　　诗歌语言艺术如此需要规则，如此不可放任不羁，诗歌的翻译自然
也同样需要相类似的要求。这个要求就是笔者前面提出的主张：若原诗
是精妙的语言艺术，则理论上说来，译诗也应是同类精妙的语言艺术。

　　但是，"同类"绝非"同样"。因为，由于原作和译作使用的语言载
体不一样，其各自产生的语言艺术规则和效果也就各有各的特点，大多
不可同样复制、照搬。所以译作的最高目标，是尽可能在译入语的语言
艺术领域达到程度大致相近的语言艺术效果。这种大致相近的艺术效果
程度可叫作"最佳近似度"。它实际上也就是一种翻译标准，只不过针
对不同的文类，最佳近似度究竟在哪些因素方面可最佳程度地（并不一
定是最大程度地）取得近似效果，不是一成不变的，而是具有高度的灵
活性。不同的文类，甚至针对不同的受众，我们都可以设定不同的最佳
近似度。这点在拙著《中西诗比较鉴赏与翻译理论》（清华大学出版社，
2010 年）的相关章节中有详细的厘定，此不赘。

话与诗的关系：话不是诗

　　古人的口语本来就是白话，与现在的人说的口语是白话一个道理。

1　Vergebens werden ungebundene Geister / Nach der Vollendung reiner Höhe streben.
　参 见 http://www.cosmiq.de/qa/show/3454062/Vergebens-werden-ungebundne-Geister-
　Nach-der-Vollendung-reiner-Hoehe-streben-Was-ist-die-Bedeutung-dieser-2-Verse-Ich-komm-
　nicht-drauf/t.

正因为白话太俗，不够文雅，古人慢慢将白话进行改进，使它更加规范、更加准确，并且用语更加丰富多彩，于是文言产生。在文言的基础上，还有更文的文字现象，那就是诗歌，于是诗歌产生。所以就诗歌而言，文言味实际上就是一种特殊的诗味。文言有浅近的文言，也有佶屈聱牙的文言。中国传统诗歌绝大多数是浅近的文言，但绝非口语、白话。诗中有话的因素，自不待言，但话的因素往往正是诗试图抑制的成分。

文言和诗歌的产生是低俗的口语进化到高雅、准确层次的标志。文言和诗歌的进一步发展使得语言的艺术性愈益增强。最终，文言和诗歌完成了艺术性语言的结晶化定型。这标志着古代文学和文学语言的伟大进步。《诗经》、楚辞、唐诗、宋词、元明戏曲，以及从先秦、汉、唐、宋、元至明清的散文等，都是中国语言艺术逐步登峰造极的明证。

人们往往忘记：话不是诗，诗是话的升华。话据说至少有**几十万年**的历史，而诗却只有**几千年**的历史。白话通过漫长的岁月才升华成了诗。因此，从理论上说，白话诗不是最好的诗，而只是低层次的、初级的诗。当一行文字写得不像是话时，它也许更像诗。"太阳落下山去了"是话，硬说它是诗，也只是平庸的诗，人人可为。而同样含义的"白日依山尽"不像是话，却是真正的诗，非一般人可为，只有诗人才写得出。它的语言表达方式与一般人的通用白话脱离开来了，实现了与通用语的偏离（deviation from the norm）。这里的通用语指人们天天使用的白话。试想把唐诗宋词译成白话，还有多少诗味剩下来？

谢谢古代先辈们一代又一代、不屈不挠的努力，话终于进化成了诗。

但是，20 世纪初一些激进的中国学者鼓荡起一场声势浩大的白话文运动。

客观说来，用白话文来书写、阅读自然科学和人文科学文献，例如哲学、政治学、伦理学、经济学等等文献，这都是**伟大的进步**。这个进步甚至可以上溯到八百多年前朱熹等大学者用白话体文章传输理学思想。对此笔者非常拥护，非常赞成。

但是约一百年前的白话诗运动却未免走向了极端，事实上是一种语言艺术方面的倒退行为。已经高度进化的诗词曲形式被强行要求返祖回归到三千多年前的类似白话的状态，已经高度语言艺术化了的诗被强行要求退化成话。艺术性相对较低的白话反倒成了正统，艺术性较高的诗反倒成了异端。其实，容许口语类白话诗和文言类诗并存，这才是正确的选择。但一些激进学者故意拔高白话地位，在诗歌创作领域搞成白话至上主义，这就走上了极端主义道路。

这个运动影响到诗歌翻译的结果是什么呢？结果是西方所有的大诗人，不论是古代的还是近代的，如荷马（Homer）、但丁（Dante）、莎士比亚、歌德、雨果（Victor Hugo）、普希金（Alexander Pushkin）……都莫名其妙地似乎用同一支笔写出了 20 世纪初才出现的味道几乎相同的白话文汉诗！

将产生这种极端性结果的原因再回推，我们会清楚地明白，当年的某些学者把文学艺术简单雷同于人文社会科学，误解了文学艺术，尤其是诗歌艺术的特殊性质，误以为诗就是话，混淆了诗与话的形式因素。

针对莎士比亚戏剧诗的翻译对策

由上可知，莎士比亚的剧文既然大多是格律诗，无论有韵无韵，它们都是诗，都有格律性。因此在汉译中，我们就有必要显示出它具有格律性，而这种格律性就是诗性。

问题在于，格律性是附着在语言形式上的；语言改变了，附着其上的格律性也就大多会消失。换句话说，格律大多不可复制或模仿，这就正如用钢琴弹不出二胡的效果，用古筝奏不出黑管的效果一样。但是，原作的内在旋律是可以模仿的，只是音色变了。原作的诗性是可以换个形式营造的，这就是利用汉语本身的语言特点营造出大略类似的语言艺术审美效果。

由于换了另外一种语言媒介，原作的语音美设计大多已经不能照搬、复制，甚至模拟了，那么我们就只好断然舍弃掉原作的许多语音美设计，而代之以译入语自身的语言艺术结构产生的语音美艺术设计。当然，原作的某些语音美设计还是可以尝试模拟保留的，但在通常的情况下，大多数的语音美已经不可能传输或复制了。

利用汉语本身的语音审美特点来营造莎士比亚诗歌的汉译语音审美效果，是莎士比亚作品翻译的一个有效途径。机械照搬原作的语音审美模式多半会失败，并且在大多数的场合下也没有必要。

具体说来，这就涉及翻译莎士比亚戏剧作品时该如何处理：1）节奏；2）韵律；3）措辞。笔者主张，在这三个方面，我们都可以适当借鉴利用中国古代词曲体的某些因素。戏剧剧文中的诗行一般都不宜多用单调的律诗和绝句体式。元明戏剧为什么没有采用前此盛行的五言或七言诗行而采用了长短错杂、众体皆备的词曲体？这是一种艺术形式发展的必然。元明曲体由于要更好更灵活地满足抒情、叙事、论理等诸多需要，故借用发展了词的形式，但不是纯粹的词，而是融入了民间语汇。词这种形式涵盖了一言、二言、三言、四言、五言、六言、七言、八言……乃至十多言的长短句式，因此利于表达变化莫测的情、事、理。从这个意义上看，莎士比亚剧文语言单位的参差不齐状态与中文词曲体句式的参差不齐状态正好有某种相互呼应的效果。

也许有人说，莎士比亚的剧文虽然是格律诗，但并不怎么押韵，因此汉诗翻译也就不必押韵。这个说法也有一定道理，但是道理并不充实。

首先，我们应该明白，既然莎士比亚的剧文是诗体，人们读到现今的散体译文或不押韵的分行译文却难以感受到其应有的诗歌风味，原因即在于其音乐性太弱。如果人们能够照搬莎士比亚素体诗所惯常用的音步效果及由此引起的措辞特点，当然更好。但事实上，原作的节奏效果是印欧语系语言本身的效果，换了一种语言，其效果就大多不能搬用了，所以我们只好利用汉语本身的优势来创造新的音乐美。这种音乐美很难说是原作的音乐美，但是它毕竟能够满足一点：即诗体剧文应该具有诗歌应有的音乐美这个起码要求。而汉译的押韵可以强化这种音乐美。

其次，莎士比亚的剧文不押韵是由诸多因素造成的。第一，属于印欧语系语言的英语在押韵方面存在先天的多音节不规则形式缺陷，导致押韵词汇范围相对较窄。所以对于英国诗人来说，很苦于押韵难工；莎士比亚的许多押韵体诗，例如十四行诗，在押韵方面都不很工整。其次，莎士比亚的剧文虽不押韵，却在节奏方面十分考究，这就弥补了音韵方面的不足。第三，莎士比亚的剧文几乎绝大多数是诗行，对于剧作者来说，每部长达两三千行的诗行行都要押韵，这是一个极大的挑战，很难完成。而一旦改用素体，剧作者便会轻松得多。但是，以上几点对于汉语译本则不是一个问题。汉语的词汇及语音构成方式决定了它天生就是一种有利于押韵的艺术性语言。汉语存在大量同韵字，押韵是一件很容易的事情。汉语的语音音调变化也比莎士比亚使用的英语的音调变化空间大一倍以上。汉语音调至少有四种（加上轻重变化可达六至八种），而英语的音调主要局限于轻重语调两种，所以存在于印欧语系文字诗歌中的频频押韵有时会产生的单调感，在汉语中会在很大程度上由于语调的多变而得到缓解。故汉语戏剧剧文在押韵方面有很大的潜在优势空间，实际上元明戏剧剧文频频押韵就是证明。

第三，莎士比亚的剧文虽然很多不押韵，但却具极强的节奏感。他惯用的格律多半是抑扬格五音步（iambic pentameter）诗行。如果我们在节奏方面难以传达原作的音美，或者可以通过韵律的音美来弥补节奏美的丧失，这种翻译对策谓之堤内损失堤外补，亦谓失之东隅，收之桑榆。我们的语言在某方面有缺陷，可以通过另一方面的优点来弥补。当然，笔者主张在一定程度上借鉴利用传统词曲的风味，却并不主张使用宋词、元曲式的严谨格律，而只是追求一种过分散文化和过分格律化之间的妥协状态。有韵但是不严格，要适当注意平仄，但不过多追求平仄效果及诗行的整齐与否；不必有太固定的建行形式，只是根据诗歌本身的内容和情绪赋予适当的节奏与韵式。在措辞上则保持与白话有一段距离，但是绝非佶屈聱牙的文言，而是趋近典雅、但普通读者也能读懂的语言。

最后，根据翻译标准多元互补论原理，由于莎士比亚作品在内容、形式及审美效应方面具有多样性，因此，只用一种类乎纯诗体译法来翻译所有的莎士比亚剧文，也是不完美的，因为单一的做法也许无形中堵塞了其他有益的审美趣味通道。因此，这套译本的译风虽然整体上强调诗化、诗味，但是在营造诗味的途径和程度上不是单一的。我们允许诗体译风的灵活性和创新性。多译者译法实际上也是在探索诗体译法的诸多可能性，这为我们将来进一步改进这套译本铺垫了一条较宽的道路。因此，译文从严格押韵、半押韵到不押韵的各个程度，译本都有涉猎。但是，无论是否押韵，其节奏和措辞应该总是富于诗意，这个要求则是统一的。这是我们对皇家版《莎士比亚全集》译本的语言和风格要求。不能说我们能完全达到这个目标，但我们是往这个方向努力的。正是这样的努力，使这套译本与前此译本有很大的差异，在一定的意义上来说，标志着中国莎士比亚著作翻译的一次大转折。

翻译突破：还原莎士比亚作品禁忌区域

另有一个课题是中国学者从前讨论得比较少的禁忌领域，即莎士比亚著作中的性描写现象。

许多西方学者认为，莎士比亚酷爱色情字眼，他的著作渗透着性描写、性暗示。只要有机会，他就总会在字里行间，用上与性相联系的双关语。西方人很早就搜罗莎士比亚著作的此类用语，编纂了莎士比亚淫秽用语词典。这类词典还不止一种。1995年，我又看到弗朗基·鲁宾斯坦（Frankie Rubinstein）等编纂了《莎士比亚性双关语释义词典》（*A Dictionary of Shakespeare's Sexual Puns and Their Significance*），厚达372页。

赤裸裸的性描写或过多的淫秽用语在传统中国文学作品中是受到非议的，尽管有《金瓶梅》这样被判为淫秽作品的文学现象，但是中国传统的主流舆论还是抑制这类作品的。莎士比亚的作品固然不是通常意义上的淫秽作品，但是它的大量实际用语确实有很强的色情味。这个极鲜明的特点恰恰被前此的所有汉译本故意掩盖或在无意中抹杀掉。莎士比亚的所有汉译者，尤其是像朱生豪先生这样的译者，显然不愿意中国读者看到莎士比亚的文笔有非常泼辣的大量使用性相关脏话的特点。这个特点多半都被巧妙地漏译或改译。于是出现一种怪现象，莎士比亚著作中有些大段的篇章变成汉语后，尽管读起来是通顺的，读者对这些话语却往往感到莫名其妙。以《罗密欧与朱丽叶》第一幕第一场前面的30行台词为例，这是凯普莱特家两个仆人山普孙与葛莱古里之间的淫秽对话。但是，读者阅读过去的汉译本时，很难看到他们是在说淫秽的脏话，甚至会认为这些对话只是仆人之间的胡话，没有什么意义。

不过，前此的译本对这类用语和描写的态度也并不完全一样，而是依据年代距离在逐步改变。朱生豪先生的译本对这些东西删除改动得最多，梁实秋先生已经有所保留，但还是有节制。方平先生等的译本保留得更多一些，但仍然持有相当的保留态度。此外，从英语的不同版本看，有的版本注释得明白，有的版本故意模糊，有的版本注释者自己也没有弄懂这些双关语，那就更别说中国译者了。

在这一点上，我们目前使用的皇家版《莎士比亚全集》是做得最好的。

那么，我们该怎样来翻译莎士比亚的这种用语呢？是迫于传统中国道德取向的习惯巧妙地回避，还是尽可能忠实地传达莎士比亚的本真用意？我们认为，前此的译本依据各自所处时代的中国人道德价值的接受状态，采用了相应的翻译对策，出现了某种程度的曲译，这是可以理解的，是特定历史条件下的产物。但是，历史在前进，中国人的道德观已经有了很大的改变，尤其是在性禁忌领域。说实话，无论我们怎样真实地还原莎士比亚著作中的性双关描写，比起当代文学作品中有时无所忌讳的淫秽描写来，莎士比亚还真是有小巫见大巫的感觉。换句话说，目前中国人在这方面的外来道德价值接受状态，已经完全可以接受莎士比亚著作中的性双关用语了。因此，我们的做法是尽可能真实还原莎士比亚性相关用语的现象。在通常的情况下，如果直译不能实现这种现象的传输，我们就采用注释。可以说，在这方面，目前这个版本是所有莎士比亚汉译本中做得最超前的。

译法示例

莎士比亚作品的文字具有多种风格，早期的、中期的和晚期的语言风格有明显区别，悲剧、喜剧、历史剧、十四行诗的语言风格也有区别。甚至同样是悲剧或喜剧，莎士比亚的语言风格往往也会很不相同。比如同样是属于悲剧，《罗密欧与朱丽叶》剧文中就常常有押韵的段落，而大悲剧《李尔王》却很少押韵；同样是喜剧，《威尼斯商人》是格律素体诗，而《快乐的温莎巧妇》却大多是散文体。

与此现象相应，我们的翻译当然也就有多种风格。虽然不完全一一对应，但我们有意避免将莎士比亚著作翻译成千篇一律的一种文体。从这个意义上说，皇家版《莎士比亚全集》汉译本在某些方面采用了全新的译法。这种全新译法不是孤立的一种译法，而是力求展示多种翻译风格、多种审美尝试。多样化为我们将来精益求精提供了相对更多的选择。如果现在固定为一种单一的风格，那么将来要想有新的突破，就困难了。概括说来，我们的多种翻译风格主要包括：1) 有韵体诗词曲风味译法；2) 有韵体现代文白融合译法；3) 无韵体白话诗译法。下面依次选出若干相应风格的译例，供读者和有关方面品鉴。

一、有韵体诗词曲风味译法

有韵体诗词曲风味译法注意使用一些传统诗词曲中诗味比较浓郁的词汇，同时注意遣词不偏僻，节奏比较明快，音韵也比较和谐。但是，它们并不是严格意义上的传统诗词曲，只是带点诗词曲的风味而已。例如：

> **女巫甲**　何时我等再相逢？
> 　　　　　闪电雷鸣急雨中？
> **女巫乙**　待到硝烟烽火静，
> 　　　　　沙场成败见雌雄。
> **女巫丙**　残阳犹挂在西空。　　　　　（《麦克白》第一幕第一场）
>
> **小丑甲**　当时年少爱风流，
> 　　　　　有滋有味有甜头；
> 　　　　　行乐哪管韶华逝，
> 　　　　　天下柔情最销愁。　　　　　（《哈姆莱特》第五幕第一场）

朱丽叶　天未曙，罗郎，何苦别意匆忙？

　　　　鸟音啼，声声亮，惊骇罗郎心房。

　　　　休听作破晓云雀歌，只是夜莺唱，

　　　　石榴树间，夜夜有它设歌场。

　　　　信我，罗郎，端的只是夜莺轻唱。

罗密欧　不，是云雀报晓，不是莺歌，

　　　　看东方，无情朝阳，暗洒霞光，

　　　　流云万朵，镶嵌银带飘如浪。

　　　　星斗如烛，恰似残灯剩微芒，

　　　　欢乐白昼，悄然驻步雾嶂群岗。

　　　　奈何，我去也则生，留也必亡。

朱丽叶　听我言，天际微芒非破晓霞光，

　　　　只是金乌，吐射流星当空亮，

　　　　似明炬，今夜为郎，朗照边邦，

　　　　何愁它曼托瓦路，漫远悠长。

　　　　且稍待，正无须行色皇皇仓仓。

罗密欧　纵身陷人手，蒙斧钺加诛于刑场；

　　　　只要这勾留遂你愿，我欣然承当。

　　　　让我说，那天际灰朦，非黎明醒眼，

　　　　乃月神眉宇，幽幽映现，淡淡辉光；

　　　　那歌鸣亦非云雀之讴，哪怕它

　　　　嚣然振动于头上空冥，嘹亮高亢。

　　　　我巴不得栖身此地，永不他往。

　　　　来吧，死亡！倘朱丽叶愿遂此望。

　　　　如何，心肝？畅谈吧，趁夜色迷茫。

　　　　　　　　　　　（《罗密欧与朱丽叶》第三幕第五场）

二、有韵体现代文白融合译法

有韵体现代文白融合译法的特点是：基本押韵，措辞上白话与文言尽量能够水乳交融；充分利用诗歌的现代节奏感，俾便能够念起来朗朗上口。例如：

哈姆莱特 死，还是生？这才是问题根本：

莫道是苦海无涯，但操戈奋进，

终赢得一片清平；或默对逆运，

忍受它箭石交攻，敢问，

两番选择，何为上乘？

死灭，睡也，倘借得长眠

可治心伤，愈千万肉身苦痛痕，

则岂非美境，人所追寻？死，睡也，

睡中或有梦魇生，唉，症结在此；

倘能撒手这碌碌凡尘，长入死梦，

又谁知梦境何形？念及此忧，

不由人踌躇难定：这满腹疑情

竟使人苟延年命，忍对苦难平生。

假如借短刀一柄，即可解脱身心，

谁甘愿受人世的鞭挞与讥评，

强权者的威压，傲慢者的骄横，

失恋的痛楚，法律的耽延，

官吏的暴虐，甚或默受小人

对贤德者肆意拳脚加身？

谁又愿肩负这如许重担，

流汗、呻吟，疲于奔命，

倘非对死后的处境心存疑云，

惧那未经发现的国土从古至今
无孤旅归来，意志的迷惘
使我辈宁愿忍受现世的忧闷，
而不敢飞身投向未知的苦境？
前瞻后顾使我们全成懦夫，
于是，本色天然的决断决行，
罩上了一层思想的惨淡余阴，
只可惜诸多待举的宏图大业，
竟因此如逝水忽然转向而行，
失掉行动的名分。　　　　（《哈姆莱特》第三幕第一场）

麦克白　若做了便是了，则快了便是好。
若暗下毒手却能横超果报，
割人首级却赢得绝世功高，
则一击得手便大功告成，
千了百了，那么此际此宵，
身处时间之海的沙滩、岸畔，
何管它来世风险逍遥。但这种事，
现世永远有裁判的公道：
教人杀戮之策者，必受杀戮之报；
给别人下毒者，自有公平正义之手
让下毒者自食盘中毒肴。　　　（《麦克白》第一幕第七场）

损神，耗精，愧煞了浪子风流，
都只为纵欲眠花卧柳，
阴谋，好杀，赌假咒，坏事做到头；

心毒手狠，野蛮粗暴，背信弃义不知羞。

才尝得云雨乐，转眼意趣休。

舍命追求，一到手，没来由

便厌腻个透。呀恰，恰像是钓钩，

但吞香饵，管教你六神无主不自由。

求时疯狂，得时也疯狂，

曾有，现有，还想有，要玩总玩不够。

适才是甜头，转瞬成苦头。

求欢同枕前，梦破云雨后。

唉，普天下谁不知这般儿歹症候，

却避不得便往这通阴曹的天堂路儿上走！

（十四行诗第一百二十九首）

三、无韵体白话诗译法

无韵体白话诗译法的特点是：虽然不押韵，但是译文有很明显的和谐节奏，措辞畅达，有诗味，明显不是普通的口语。例如：

贡妮芮　父亲，我爱您非语言所能表达；

胜过自己的眼睛、天地、自由；

超乎世上的财富或珍宝；犹如

德貌双全、康强、荣誉的生命。

子女献爱，父亲见爱，至多如此；

这种爱使言语贫乏，谈吐空虚：

超过这一切的比拟——我爱您。（《李尔王》第一幕第一场）

李尔　国王要跟康沃尔说话，慈爱的父亲

要跟他女儿说话，命令、等候他们服侍。

这话通禀他们了吗？我的气血都飙起来了！
火爆？火爆公爵？去告诉那烈性公爵——
不，还是别急：也许他是真不舒服。
人病了，常会疏忽健康时应尽的
责任。身子受折磨，
逼着头脑跟它受苦，
人就不由自主了。我要忍耐，
不再顺着我过度的轻率任性，
把难受病人偶然的发作，错认是
健康人的行为。我的王权废掉算了！
为什么要他坐在这里？这种行为
使我相信公爵夫妇不来见我
是伎俩。把我的仆人放出来。
去跟公爵夫妇讲，我要跟他们说话，
现在就要。叫他们出来听我说，
不然我要在他们房门前打起鼓来，
不让他们好睡。　　　　　（《李尔王》第二幕第二场）

奥瑟罗　　诸位德高望重的大人，
我崇敬无比的主子，
我带走了这位元老的女儿，
这是真的；真的，我和她结了婚，说到底，
这就是我最大的罪状，再也没有什么罪名
可以加到我头上了。我虽然
说话粗鲁，不会花言巧语，
但是七年来我用尽了双臂之力，

直到九个月前，我一直
都在战场上拼死拼活，
所以对于这个世界，我只知道
冲锋向前，不敢退缩落后，
也不会用漂亮的字眼来掩饰
不漂亮的行为。不过，如果诸位愿意耐心听听，
我也可以把我没有化装掩盖的全部过程，
一五一十地摆到诸位面前，接受批判：
我绝没有用过什么迷魂汤药、魔法妖术，
还有什么歪门邪道——反正我得到他的女儿，
全用不着这一套。　　　　　　（《奥瑟罗》第一幕第三场）

目　录

《一报还一报》导言

在莎士比亚时代的英格兰，《圣经》的"日内瓦"版译本拥有最多的读者。因此，在《一报还一报》最早的观众看来，该剧名称暗指圣马太（Saint Matthew）所撰福音书第 7 章开头的诗行：

你们不要论断人，免得你们被论断。

因为你们怎样论断人，也必怎样被论断；

你们用什么量器量给人，也必用什么量器量给你们。[1]

为什么看见你弟兄眼中有刺，却不想自己眼中有梁木呢？[2]

1　你们用什么量器量给人，也必用什么量器量给你们（with what measure ye mete, it shall be measured to you again）：本剧英文标题"Measure for Measure"即化用此句，其中的 measure 有多重含义，在原始文本中侧重指量度器，在本剧中侧重指方法、措施。——译者附注

2　为什么看见你弟兄眼中有刺，却不想自己眼中有梁木呢？（why see'st thou the mote, that is in thy brother's eye, and perceivest not the beam that is in thine own eye?）：这是《马太福音》中耶稣对弟子们所说的话。"刺"比喻小缺点，"梁木"比喻大缺点。在耶稣看来，有的人对别人的缺点锱铢必较，而对自己的缺点却熟视无睹。——译者附注

日内瓦版《圣经》在此页的总结性小标题为"基督的信条——上帝的旨意"。在莎士比亚的所有戏剧中，基督教信条的戏剧化和上帝旨意的作用是《一报还一报》最突出的特点。安吉鲁看到克劳迪奥眼中有刺（克劳迪奥在与其女友朱丽叶订婚后让她未婚先孕），但却没有看到自己眼中的梁木（安吉鲁在发现他的女友玛丽安娜一文不名后将其抛弃）。他对克劳迪奥进行审判，而公爵又用计让他反过来自己受到审判。

日内瓦版《圣经》在页边印有注释。在上引"一报还一报"的诗行旁边出现了一行劝诫语："伪善者掩藏自己的过错，不加以改正，却乐于指责他人的过错。"这句话可以视作安吉鲁的人物特征速写。他不止一次被用"严谨"（precise）一词形容，该词从来没有用于形容莎士比亚剧作中的其他人物。通常情况下这个词是和"清教徒"联系在一起的。莎士比亚的熟人约翰·弗洛里奥（John Florio）在他编纂的英意词典中就曾把 *Gabba santi*[1] 定义为："一个严谨、善于掩饰自己的清教徒，一个伪善者。"

尽管该剧的剧名对内容有所指引，但剧情发展比作为其取材来源的旧剧要复杂得多。乔治·维特斯通（George Whetstone）的《普罗莫斯与卡桑德拉的故事》（*History of Promos and Cassandra*）展现了"一位荒淫长官的难以承受的罪恶"、"一位贞洁女士的贤淑品行"以及"一位高贵国王在惩恶扬善时的宽宏大量"，意在揭示"不端行为的毁灭与瓦解"以及"正义之举的最终胜出"。莎士比亚借用了维特斯通的基本情节线索和主要人物——卑鄙下流的求欢，执法者的伪善伎俩，被要求拿自己的贞操去换兄弟性命的美丽淑女以及归来之后让一切真相大白的统治者——但大大丰富了后者的道德视野。维特斯通的人物普罗莫斯（Promos）有两段痛苦的独白，反思他对卡桑德拉（Cassandra）的欲望。它们在结构上预示了安吉鲁的自我诘问——"这是怎么了？怎么

---

1 *Gabba santi* 在意大利语中字面义是"神的嘲弄"，引申指伪善者。——译者附注

了？怪她还是怪我？/诱惑者和被诱者，谁的罪过更大？"[1]以及"我祈祷沉思的时候，各种心思/便涌上心头。"[2]不过，维特斯通没有莎士比亚写作独白的天赋。在莎士比亚的笔下，独白者沉思婉转，时而雄辩，时而纵情，机锋迭出，滔滔不绝，似乎是在直抒胸臆，而不是就着一个既定的题目强为之辞。普罗莫斯的两难是理性和欲望之间的简单对立；对于安吉鲁，是伊莎贝拉的理性——她话语劝说的力量——点燃了他的欲望。他想得到她，不是因为她美丽，甚至不是因为她即将宣誓入教永远保持贞操，而是因为他欣赏她的思维和语言。"她说得有条有理，/我的思想也不免动摇。"[3]理性在这里刺激了感性。如果表演到位，即使伊莎贝拉拒绝安吉鲁，在二人之间也会碰撞出引起性欲的化合反应。安吉鲁已经习惯了人们对他有求必应，他没有意识到如果有人对他有求不应，他心里会多么欢喜。这两个人的强烈意志就这样相互角力。我们在观剧时，多少会指望——甚至希望——他们将最终结合，就像莎士比亚其他相互争吵的情侣——彼特鲁乔（Petruchio）与凯特（Kate）、俾隆（Berowne）与罗瑟琳（Rosaline）、贝特丽丝（Beatrice）与培尼狄克（Benedick）[4]——那样。

有意思的是，玛丽安娜这条情节线索是莎士比亚在该剧情节方面的主要创新：维特斯通的剧作和这个故事的多个 16 世纪意大利版本都没有

1　见第二幕第二场。——译者附注

2　见第二幕第四场。——译者附注

3　见第二幕第二场。——译者附注

4　三对情侣分别是《驯悍记》（*The Taming of the Shrew*）、《爱的徒劳》（*Love's Labour's Lost*）和《无事生非》（*Much Ado about Nothing*）中的人物；其中凯特即为彼特鲁乔的妻子凯瑟丽娜（Katherina）。——译者附注

"床上计"[1]，这些版本结局都是国王或公爵决定惩罚对应安吉鲁的剧中人物，下令在他与对应伊莎贝拉的剧中人物结婚（为了恢复她的名誉）之后将其处死。接下来那位对应伊莎贝拉的女性角色出面求情，表白对玷污她的剧中人的爱情，结果后者得到宽恕，二人从此幸福地生活在一起。莎士比亚把上述情节转折移植到玛丽安娜身上，并安排后者救了安吉鲁一命。就这样，慈悲之心占据了上风，压倒了法律：我们应该记得，圣马太的福音书中涉及"一报还一报"的段落正是山顶布道的核心内容，耶稣在这一布道中阐述了他的道德准则，对他所创立的新的宽恕约法同《旧约》中"以眼还眼"的严酷律法作了鲜明区分。

　　玛丽安娜这一角色的引入在剧中置换了伊莎贝拉结婚的情节，似乎是打算让后者恢复自由，返回修道院，完成她最后的入教誓约。但剧情出现了完全出人意料的转折，以公爵向伊莎贝拉提出求婚结束。从某种意义上说，二人结为夫妻确实合适。公爵错选了安吉鲁为代理执政官（由爱斯卡勒斯担任这一职务要合适得多），但选对了妻子：伊莎贝拉会为他的家庭注入一直缺少的道德基因，不会掺杂一丝一毫安吉鲁身上的那种伪善奸猾。她的"神父"（ghostly father）将成为她的丈夫，而修道院的院长却不得不失去她：修士僧侣信奉的种种美德从冥思默想的抽象观念变成现实生活的一部分，从封闭的象牙塔走向世俗社会，这是 16 世纪新教改革的特征。而在另一层意义上，这又是一个令人吃惊的结尾。这不是一出求婚的喜剧。公爵的求婚难道没有一点道德讹诈的味道？安吉鲁提出的条件是：和我上床，我就救你兄弟一命。而公爵的想法是：既然我救了你兄弟，你就要嫁给我。

1　"床上计"（"bed trick"）指剧中玛丽安娜代替伊莎贝拉，在黑夜中与安吉鲁幽会，这样伊莎贝拉并没有为了救弟弟而失去贞操，玛丽安娜也实现了与心上人相结合的愿望。——译者附注

有些学者认为，莎士比亚已经厌倦了喜剧以剧中人纷纷成婚结尾的传统大团圆模式。也许该剧是对喜剧结尾的一个戏仿。莎士比亚在接下来几年的戏剧创作中确实不再写喜剧。值得注意的是，伊莎贝拉对公爵的求婚没有作出回应。她是不是一声不吭、满心欢喜地投入了公爵的怀抱？抑或是面露不解之色？还是震惊不已？该剧的一些演出版本保持了开放的结尾，有一种画面定格的效果。虽然没有文本依据，也不难想见会出现这样的场景：伊莎贝拉上下打量了一下公爵，然后转身走向修道院。

对结尾的疑惑与对公爵的更广泛的诠释性焦虑密切相关。也许可以把他看作类似上帝的人物，在幕后善意地控制着戏剧世界。但让一个人去担任神的角色是合理的吗？安吉鲁是一个道德上的伪君子（hypocrite），不过我们不要忘记，"伪君子"的希腊语词源本义就是"演员"。公爵是角色的扮演者，即演员。他是否有权装扮成一名修士倾听克劳迪奥和玛丽安娜的忏悔呢？而"忏悔"又是该剧的另一个关键词，具有宗教和法律上的双重含义。

路西奥这一角色比安吉鲁要重要得多。安吉鲁是一个头戴魔鬼犄角的伪天使，路西奥则是魔鬼路西非尔（Lucifer），引诱公爵所代表的神祇。借用威廉·布莱克（William Blake）对约翰·弥尔顿（John Milton）所写《失乐园》（*Paradise Lost*）的评价，我们可以说，莎士比亚是一位真正的诗人，是魔鬼帮派的一员而（或许）不自知。路西奥以轻松浅白的语言说出深刻的真相：要消灭性欲望就得将全城的年轻人阉割去势；公爵在某种意义上是个躲在"黑暗角落"的家伙。魔鬼的鼓吹是不该噤声的，这几乎是莎士比亚宇宙的第一法则。"我可是芒刺，"路西奥如此声称，"粘住就不放。"[1]

1　见第四幕第三场。——译者附注

　　《一报还一报》的首次有记载演出是在 1604 年 12 月 26 日，此次演出是英王圣诞庆典的活动之一。据此可知，该剧是莎士比亚当时为英国新君创作的数部剧作之一。1603 年，在伊丽莎白女王（Queen Elizabeth）去世后的几周之内，莎士比亚的剧团被重新命名为"国王剧团"。在其后的十年间，他们每年在宫中演出十几场至二十场不等，远远多于其他剧团的演出场次。尽管剧中的公爵并非喻指英王詹姆斯[1]，该剧仍然显示莎士比亚的创作正在向国王非常感兴趣的领域转移，包括对诽谤和名誉的关切，对权力的隐秘源泉的探究——而不是像伊丽莎白女王那样通过盛装游行仪式公开展示君主威仪（"我爱老百姓，/ 但不愿受万众瞩目，展现自己。"[2]）——以及对神学和道德论争中各种复杂问题的论证（詹姆斯抵达伦敦后在汉普顿宫 [Hampton Court] 召集会议，参与各级教会人士之间的论辩，辩题涉及圣婚的地位以及何人具有主持圣礼的合法性）。如此看来，国王是见证一些特定场面的理想人选，公爵对克劳迪奥的训诫（"确信必有一死"[3]）即为一例。国王自己就是一位头脑敏锐的讽刺家，他应该很喜欢这个颇具讽刺意味的情节：克劳迪奥被公爵的雄辩言辞当场说服，而在他姐姐几分钟后说出安吉鲁的提议时，却马上改变了立场，诉说肉体朽坏的恐怖和灵魂在死后遭受的痛苦，与公爵对生命的厌弃恰好构成鲜明对照。

　　尽管该剧的背景是维也纳，"郊区"的妓院或城市的"纵乐区"却让人想到演出地伦敦。在泰晤士河南岸，剧院和色情交易场所是邻居。而警吏艾尔保的种种用词错误则透露出一种典型的英式幽默，让人联想到《无事生非》中的道博雷（Dogberry）和《快乐的温莎巧妇》（*The Merry*

1　即詹姆斯一世（James I, 1566—1625）。——译者附注

2　见第一幕第一场。——译者附注

3　见第三幕第一场，公爵对克劳迪奥的一长段训诫以此句开头。——译者附注

Wives of Windsor）中的奎克莉太太（Mistress Quickly）。另外，该剧包含性放纵和政治权谋元素，二者都会让伊丽莎白和詹姆斯一世时代的英国人把该剧和意大利联系在一起。剧中公爵打算让安吉鲁替他干一些不为民众所喜的"脏"活儿，这也可以理解为一种来源于马基雅弗利[1]著作的政治策略。

戏剧演出总是像一种审判，各种行为、动机和观念都在观众组成的陪审团面前受到考验。维也纳公爵——和《暴风雨》（*The Tempest*）中米兰的普洛斯彼罗公爵（Duke Prospero of Milan）一样——就是一位面临考验的戏剧家。如何遏制纵欲行为，让社会免受性病肆虐之害、避免承受私生子女带来的负担？是不是要依靠安吉鲁推行的极端清教主义？这种方案在试验之后发现存在严重缺陷。为此公爵提出的替代方案是什么呢？在理论上说，答案是正义与慈悲、放纵和遏制之间的中间道路。这个第三条道路的专门术语是"克制"（temperance），也是古典伦理价值观所倡导的主要美德。爱斯卡勒斯就曾指出，公爵是"一位淡泊克制的谦谦君子"[2]。但"克制"取决于每个人都理智行事、遵守谦和节制的准则。莎士比亚意识到——这一点公爵并没有认识到——不能指望民众保持永久克制。因而，在这出剧的中段部分，我们看到了一个不同寻常的小角色巴那丁，他声言自己不愿意被当日处决：行行好，他本人还宿醉未消哪。公爵的全盘谋划差点儿因为他而毁于一旦。幸好在不可能之中编排出一位海盗拉格金登场，他相貌酷似克劳迪奥，刚好得病死去，这才挽救了公爵的计谋。19 世纪的伟大散文家威廉·黑兹利特（William Hazelitt）为此写道，巴那丁"与剧中其他人物的道貌岸然和虚伪做作形

---

1 马基雅弗利（Machiavelli，1469—1527）：意大利政治家、政治哲学家，主张为达政治目的可以罔顾道德、不择手段。——译者附注
2 见第三幕第一场。——译者附注

成鲜明对照"。

参考资料

剧情：维也纳公爵决定离城外出一段时日，遂指定副手安吉鲁在自己不在期间代管城邦。安吉鲁决心动用业已废弃的严刑峻法，以惩治纵欲行为。当地一名年轻人在结婚之前就和他的未婚妻朱丽叶发生关系，致其怀孕，依法要被处死。克劳迪奥的姐姐伊莎贝拉是一位见习修女，她被克劳迪奥的好友路西奥说动，为救弟弟性命去向安吉鲁求情。安吉鲁许诺可以释放克劳迪奥，条件是伊莎贝拉愿意和他上床。伊莎贝拉拒绝了安吉鲁，并告诉弟弟，她必须保持自己的贞操，所以他必须要死。公爵乔装成一名修士留在城中，暗中观察新政权的执政情况，他说服伊莎贝拉假意依从安吉鲁的要求。来到安吉鲁床上的伊莎贝拉被暗中调换成了玛丽安娜，后者曾经是安吉鲁的未婚妻，后被他抛弃。事后，安吉鲁背弃对伊莎贝拉的许诺，仍然打算对克劳迪奥执行死刑，但在公爵的干预下，他的计划未能得逞。

主要角色：（列有台词行数百分比 / 台词段数 / 上场次数）公爵（30%/194/9），伊莎贝拉（15%/129/8），路西奥（11%/111/5），安吉鲁（11%/83/5），爱斯卡勒斯（7%/78/5），典狱长（6%/65/7），庞培（6%/60/4），克劳迪奥（4%/35/4），艾尔保（2%/28/2），玛丽安娜（2%/24/3），欧弗东（1%/15/2）。

语体风格：诗体约占 65%，散体约占 35%。

创作年代：1604 年 12 月 26 日在宫中上演，很可能写于同年早些时候。

取材来源： 主要情节取自乔治·维特斯通的二联剧《普罗莫斯与卡桑德拉》（1578 年）和吉拉尔迪·钦蒂奥（Giraldi Cinthio）的《百则故事》（*Hecatommithi*，1565 年）中的一则中篇故事，后者也是维特斯通创作的素材来源。"床上计"是通常的传奇故事主题，但不见于上述来源。"乔装改扮的公爵"主题出现在几部同时代的剧作中，如约翰·马斯顿（John Marston）的《愤世者》（*The Malcontent*）和托马斯·米德尔顿（Thomas Middleton）的《不死鸟》（*The Phoenix*）（两剧均作于 1603 年前后）。

文本： 1623 年对开本是唯一的早期文本，依据抄写员拉尔夫·克兰（Ralph Crane）的誊写稿排印，但克兰的誊写本属何种性质尚不清楚。该剧中素质低下的底层角色没有口吐污言秽语，或说明这是个出现于 1606 年限制演员粗鄙语言的法案出台后的舞台版本。第四幕开头的歌曲出现于约翰·弗莱彻（John Fletcher）等人创作的《诺曼底的罗洛公爵》（*Rollo Duke of Normandy*，1616—1619）中，在那部剧中这首歌还有第二节。有人认为，这首歌连同接下来公爵和玛丽安娜之间的对话是作为五幕剧结构的改编安排而插入进来的。以"啊，地位和权威！"（见第四幕第一场 59 行）开始的这段独白一般也被认为是节外生枝的情节。剧本中公爵并没有姓名，但是在克兰的剧中人物表中称作"文森修"。因为这些问题以及其他几个细微的前后矛盾、草草收笔之处，对开本的文本被认为是一个舞台改编本——有人识别出其中托马斯·米德尔顿的手笔——并不是一个纯粹的莎士比亚原始稿本。

乔纳森·贝特（Jonathan Bate）

一报还一报

公爵，剧中无名，对开本的角色名单中称作"文森修"

安吉鲁，公爵的代理执政官

爱斯卡勒斯，老臣

克劳迪奥，年轻绅士

路西奥，纨袴子

另两位纨袴**绅士**

典狱长

托马斯与**彼得**，二修士（很可能是记错名字的同一人物）

一法官

瓦里尤斯，大臣，公爵的朋友

艾尔保，糊涂的警吏

弗洛斯，愚蠢的绅士

庞培，小丑，欧弗东太太的仆人

阿勃孙，行刑手

巴那丁，酗酒放荡的囚犯

伊莎贝拉，克劳迪奥的姐姐

玛丽安娜，安吉鲁的未婚妻

朱丽叶，克劳迪奥的恋人

弗朗西丝卡，修女

欧弗东太太，老鸨

童儿，侍奉玛丽安娜的歌手

大臣、差役、市民、仆人、侍从各数人，信差一人

第一幕

第一场　　/　　第一景

维也纳[1]

公爵、爱斯卡勒斯、众大臣与侍从上

公爵　　　爱斯卡勒斯。

爱斯卡勒斯　殿下。

公爵　　　要对你解说为政之道，

倒显得我有意饶舌多言，

因为我知道，在这方面，

你的学识已经完全超出

我能给予你的任何意见。

不必多说啦，你才高德劭，

只管放手施政便好。至于

我们人民的秉性，城邦的规章，

司法断案的规则，你已了然于心，

论学识和经验，你比任何人都强。

这是我给你的委任状，（交付委任状）

愿你遵照执行。来人，

去叫安吉鲁前来见我。　　　　　　　　一侍从下

你看他代理我的职位能否胜任？

1　除第四幕第一场及第五场之外，本剧场景都设在维也纳城内，在公爵的府邸、街道、修道院、女修道院、监狱及最后一场的城门口之间转换。

你要知道，我思考再三，
我离开期间，挑他来掌管政务；
赋予他生杀予夺的大权，
我的一切资源由他调遣。
你以为如何？

爱斯卡勒斯　在维也纳，如果有人
担得起这样的恩宠与尊荣，
非安吉鲁大人莫属。

公爵　看，他来了。

安吉鲁上

安吉鲁　我永远效忠殿下，
特来听您吩咐。

公爵　安吉鲁，
你的为人有一种磊落的品质，
让人一眼便可洞察你的生平。
你和你的优秀品质并非只是
你的私有财产，你可不能
孤芳自赏，也不要独善其身。
上天生人，犹如我们点燃火炬，
火光不是为了照亮火炬本身；[1]
我们的美德如果不能推及他人，
那么要这些美德，又有何用？

1　不是为了照亮火炬本身（Not light them for themselves）：典出《圣经·新约·马太福音》第
5 章 15 至 16 节："人点灯，不放在斗底下，是放在灯台上，就照亮一家的人。你们的光也当
这样照在人前，叫他们看见你们的好行为……"另见《圣经·新约·马可福音》第 4 章 21
至 24 节。——译者附注

没有善行，灵魂就不算高雅。
自然女神善于精打细算，
但凡予人才智，哪怕丝毫，
也不忘讨还她债主的权利，
感谢和利息一样也不能少。
虽是你在听讲，倒是我该受教。
所以，安吉鲁，请接受委任。
我离开期间，你将全权代表我；
维也纳人的生死赏罚全凭你的
一言一念。老臣爱斯卡勒斯，
虽然先受嘱托，却是你的助手。
这是你的委任状。（交付委任状）

安吉鲁　可是，殿下，
我这块顽铁还需多加锻炼，
才好打上如此光荣、
如此伟大的标记。

公爵　不要再推辞。
我选中你也是经过深思熟虑，
还是接受你的任命吧。（安吉鲁接过委任状）
形势急迫，我须马上出行，
自顾尚且不暇。许多重要事务
也只好丢下不问。我在外的情况，
如有必要，我将及时写信
告知你详情；也希望知道
你这里发生的事情。
好，再见吧。希望你们
妥善执行我委派给你们的任务。

安吉鲁	殿下，请恩准我们
	送您一程。
公爵	此去匆忙，不必相送。
	你以我的名义摄理政务，
	不必有所顾虑。你的权力
	与我相同，无论严格执法，
	还是法外施恩，都由你定夺。
	来握握手，我要悄悄离去。我爱老百姓，
	但不愿受万众瞩目，展现自己。
	他们鼓掌欢呼
	固然是一番好意，我并不喜欢；
	我认为，喜欢这种排场的人
	不够稳重可靠。再说一声，再见。
安吉鲁	上天保佑殿下事事如意！
爱斯卡勒斯	愿殿下高兴而去，满意而归！
公爵	谢谢你们，再见。　　　　　　　　　　　　　下
爱斯卡勒斯	大人，请允许我和你
	开诚布公地谈谈；我想知道
	我的职位包括什么。尽管我得到委任，
	但是权力多大，是何性质，
	还请大人指教。
安吉鲁	我也是一样。我们一道走，
	我相信你的疑问很快
	就有满意的答案。
爱斯卡勒斯	全听大人安排。　　　　　　　　　　　　众人下

第二场 / 第二景

路西奥与二绅士上

路西奥　如果咱们的公爵联合其他公爵，与匈牙利国王和谈不成，
　　　　　那么全体公爵就将群起进攻国王了。

绅士甲　和平乃上天所赐，又不是匈牙利国王的恩典！

绅士乙　阿门。

路西奥　你临了一句倒像虔敬的海盗，带着"十诫"出海，却抹去
　　　　　了其中一项。

绅士乙　"汝勿偷盗"？

路西奥　对，他抹去的正是这一诫。

绅士甲　对啊，这一诫是要海盗船长和他的伙伴们放弃他们的职业：
　　　　　他们出海就是为了偷盗。我们行伍之人，没人愿意在饭前
　　　　　祷告时，重复那句祈求和平的话。[1]

绅士乙　我从未听说当兵的不喜欢和平。

路西奥　你的话我信，因为你从没有参加过祷告。

绅士乙　没有？至少也有十几次。

绅士甲　真的，你听过押韵的祷告？

路西奥　各种样式各种语言的，他都听过。

绅士甲　没错儿，各种宗教的，他也听过。

路西奥　可不是？教派尽管争吵，祷告总是祷告。再比如说，无论
　　　　　如何祷告，你还是个大坏蛋。

1　重复那句祈求和平的话（do relish the petition well that prays for peace）：英国伊丽莎白时
　代餐前祈祷文的最后一句是："愿上帝保佑我们的女王和国家，并派基督送来和平。"（God
　save our Queen and Realm, and send us peace in Christ.）——译者附注

绅士甲	得啦，我们是一把剪子分开的两块布料。
路西奥	我承认，剪子分开了丝绒和毛边。你就是那毛边。
绅士甲	你是丝绒，你是上等丝绒；我敢担保，你是三层毛的丝绒。我宁愿做英国粗布的毛边，也不愿长满你那种法国丝绒的绒毛。[1] 我这么说，还对你味儿吧？
路西奥	对味儿，不错，你的话带一股恶心的味儿。既然你已承认，这辈子我一定留神，以后我总要挑头向你敬酒，以免落在你后边，染上脏病。[2]
绅士甲	我这话反倒让自己理亏，是不是？
绅士乙	不错，你已经理亏，不管你是否染病。

老鸨欧弗东太太上

路西奥	看，看，消忧解愁的太太来了，我在她家花钱买了不少病，足有——
绅士乙	足有多少？请问。
路西奥	猜猜看。
绅士乙	一年足有三千块。[3]
绅士甲	对啦，只多不少。
路西奥	再加一个法国大秃瓢[4]。

1　你是三层毛的丝绒……法国丝绒的绒毛（thou're a three-piled piece, I warrant thee. I had as lief be a list of an English kersey as be piled, as thou art piled, for a French velvet）：three-piled piece 指三层厚的高级丝绒，piled 是双关语，另一层意思指梅毒病患者因毛发脱落而成秃头。所谓"法国丝绒"亦暗指梅毒，因为梅毒俗称"法国病"，梅毒伤疤有时会用丝绒遮盖。

2　既然你已承认……染上脏病（I will, out of thine own confession, learn to begin thy health, but, whilst I live, forget to drink after thee）：梅毒病传染，因此要先敬酒，防止使用沾染病毒的杯子而染上梅毒。

3　一年足有三千块（To three thousand dolours a year）：dolours 为双关语，既可指银币，亦可理解为"烦恼忧愁"。

4　法国大秃瓢（French crown）: French crown 既指法国金币克朗，又暗指因患梅毒造成的秃顶。

绅士甲	你总是挖空心思想着我有那种病，可是你大错特错，我的身体响当当 [1]。
路西奥	得啦，响当当但是不结实，空心的东西敲起来倒是响当当。你的骨头都空了，淫欲已将你烂透。[2]
绅士甲	（对欧弗东太太）喂！你的屁股哪一边疼得钻心？ [3]
欧弗东太太	好啦，那边有一位刚被捕入狱，他一个抵得上你们这样的五千个。
绅士乙	是谁？请问。
欧弗东太太	唉，先生，是克劳迪奥，是克劳迪奥先生。
绅士甲	克劳迪奥入狱？不会吧。
欧弗东太太	确实是他。我亲眼见他被捕，看见他被押走，并且再过三天，他就要人头落地。
路西奥	你满嘴胡言，我不信。你可是当真？
欧弗东太太	千真万确，绝非胡说。杀头的原因是他让朱丽叶小姐怀了孕。
路西奥	这么说来，倒有可能：他和我约好两小时之前见面，而他一向守约准时。
绅士乙	再说，你知道，这件事和我们刚才谈论的话题倒是有些关系。
绅士甲	尤其是这与新颁布的禁令也相符。
路西奥	走吧！我们去打听实情。　　　　　　　　　路西奥与二绅士下
欧弗东太太	得啦，打仗的打仗，发汗的发汗 [4]，有的上绞架，有的穷叮

1　我的身体响当当（I am sound）：sound 既可表示身体健康，也可理解为身子虚，如空心之物敲起来有回音。

2　你的骨头都空了，淫欲已将你烂透（thy bones are hollow, impiety has made a feast of thee）：骨头变脆是梅毒晚期的一种症状。

3　你的屁股哪一边疼得钻心？（Which of your hips has the most profound sciatica?）：sciatica（坐骨神经痛）是梅毒的症状之一。

4　发汗（sweating）是治疗梅毒的一种方法。

当，弄得我的生意好冷清。

小丑庞培上

　　　　　　　　喂，你有什么消息？

庞培　　　　那边有人被抓进监狱了。

欧弗东太太　是吗，他干了什么？

庞培　　　　干了一个女人。

欧弗东太太　到底是什么罪过？

庞培　　　　在禁水中摸鱼。[1]

欧弗东太太　什么，让一位姑娘怀了孩子？

庞培　　　　不是，是让一位女人怀了孩子。你还没有听说那条禁令，
　　　　　　　　是不是？

欧弗东太太　什么禁令，伙计？

庞培　　　　维也纳郊区的窑子一律拆除。[2]

欧弗东太太　城里的怎么办？

庞培　　　　留根做种呀。本来也是要拆除，幸亏一位有见识的老爷从
　　　　　　　　中说情。

欧弗东太太　这么说要把我们郊外的院子都拆了吗？

庞培　　　　一扒到底，夫人。

欧弗东太太　怎么得了，这国家可真是要大变样啦！我可怎么办呢？

庞培　　　　好啦，不要怕。像你这样帮人出主意的，还怕没主顾？你
　　　　　　　　就再换个地方，照旧干你的营生；我照旧给你当伙计。打
　　　　　　　　起精神！会有人同情你的；你伺候了多少人呀，都快把双
　　　　　　　　眼给熬瞎了，会有人照顾的。

1　在禁水中摸鱼（Groping for trouts in a peculiar river）：指触摸隐私部位，发生性关系。

2　维也纳郊区的窑子一律拆除（All houses in the suburbs of Vienna must be plucked down）：当
　　时的妓院几乎都设于城市郊区。

| 欧弗东太太 | 这边又出了什么事，伙计？我们避一避吧。 |
| 庞培 | 克劳迪奥先生来了，牢头要带他去监狱，那边还有朱丽叶
小姐。 |

同下

第三场 / 景同前

典狱长、克劳迪奥、朱丽叶及众差役上；路西奥与二绅士随上

克劳迪奥 朋友，你何必带我游街示众？

送我去监狱，那才是我的归宿。

典狱长 我不是存心和你过不去，

这本是安吉鲁大人的命令。

克劳迪奥 权威犹如天神，

迫使我们按照各自罪过接受

上天的惩罚；该谁谁倒霉，

得救也别庆幸。这就是公道。

路西奥 怎么啦，克劳迪奥？你为何被逮捕？

克劳迪奥 路西奥，只因自由太多。

饱食过度必然导致食欲不振，

放纵的结果招致身陷图圄。

就像老鼠吞下致命的毒饵，

我们天生喜欢饮鸩止渴，

可是一旦喝了就要死亡。

路西奥 如果我被抓后还这样能言善辩，我一定叫来几位债主听我

讲。不过，说实话，我宁可糊里糊涂地享受自由，也不愿在监狱里耍聪明。[1] 你犯了什么罪，克劳迪奥？

克劳迪奥	再说一遍就等于重犯一次。
路西奥	怎么，是杀了人？
克劳迪奥	不是。
路西奥	是奸淫？
克劳迪奥	可以这么讲。
典狱长	走吧，先生。你不能停下。
克劳迪奥	好朋友，再说一句。路西奥，我要和你说一句话。
路西奥	一百句都行，只要对你有好处。
	难道现在对奸淫罪这么严厉？
克劳迪奥	且听我说：我与朱丽叶已经订婚，[2]
	后来我俩就同床共寝。这位小姐
	你认识，她的确是我的妻子，
	只是没有举行仪式，当众宣告
	我俩的关系。这是因为有一笔
	嫁奁尚在她亲人的保管之下。
	我们原想暂时对他们隐瞒
	我们的恋情，待时机成熟，

1　我宁可糊里糊涂地享受自由，也不愿在监狱里耍聪明（I had as lief have the foppery of freedom as the morality of imprisonment）：morality 在第一对开本中原为 mortality（死亡）。尽管莎士比亚在其他地方从未使用过 morality，但此处与 foppery（愚蠢）相对，意思更贴切。——译者附注

2　且听我说：我与朱丽叶已经订婚（Thus stands it with me: upon a true contract）：指男女双方在有人见证下的订婚，但是按照当时仪轨，男女双方在订婚后，必须在教堂或其法定代表人面前接受祝福仪式，才算形成正式婚姻关系。男女双方在公开的祝福仪式之前发生性关系是非法的，不过罪行轻微。——译者附注

他们自然会同意我们的婚事。
我们私下里偷欢，朱丽叶身上
却留下掩藏不了的后果。

路西奥　　怀孕了，是吧?

克劳迪奥　　不幸，正是如此。
代理公爵职位的新任摄政，
不知是新官上任眼花缭乱，
或者是这位代理总督要将
城邦大权当作胯下之马，
为了显示自己的驾驭能力，
刚上马背，便踢开了马刺;
不知严刑峻法属于他的职权，
还是他高升之后擅作主张，
我不敢断定。不过这位新总督
为了我，翻阅了所有刑法条文，
就像挂在墙上的盔甲，十九年来
生锈积尘未经擦洗，从来没有人
披在身上;如今为了沽名钓誉，
他把早已废弃不用的法令
强加于我。他一定是为了名声。

路西奥　　肯定如此。你的头在你肩上已经不稳，挤牛奶的姑娘在相
思中叹口气，也会把它吹掉。派人去向公爵求情吧。

克劳迪奥　　我已经试过了，但是没见到他。
路西奥，请你好心帮我一个忙。
我姐姐今天将去修道院见习修行。
请告诉她我的危险处境，
以我的名义央求她结交

　　　　　　　这位严酷无情的代理摄政；
　　　　　　　叫她亲自出马。我对此
　　　　　　　满怀希望，以她的青春魅力，
　　　　　　　加上她妩媚的神情，不说话
　　　　　　　也足以打动男人。还有，
　　　　　　　她据理力争时能言善辩，
　　　　　　　定能折服他人。

路西奥　　但愿她能成功；一是为了贪欢的其他人，否则他们也将受到这样严厉的惩处，二是为了让你乐享人生，我可不愿你玩一把"双陆棋"[1]就丢了性命。我就去找她。

克劳迪奥　　多谢！路西奥，我的好友。

路西奥　　两小时之内给你回话。

克劳迪奥　　长官来了，走吧！

　　　　　　　　　　　　　　　　　　　　　　　　　众人下

第四场　/　第三景

公爵与修士托马斯上

公爵　　　不，神父，不要那么想，
　　　　　　别以为爱神胡乱放出的箭头
　　　　　　就可以刺穿强健的胸膛。

1　"双陆棋"（a game of tick-tack）：tick-tack 是双陆棋（backgammon）的一种，木盘上有小洞若干，玩时将木桩插入洞内，此处用作性爱的隐晦说法。

希望你允许我在此秘密躲避，
我虽没有年轻人如火的热情，
却有更严肃成熟的用意。

修士托马斯 殿下可以说说吗？

公爵 我的神父，你比任何人都清楚，
我一向多么喜欢隐居的生活，
丝毫不看重奢靡的热闹场所，
那是年轻人斗勇炫富的地方。
我已经将维也纳这里的大权
托付给安吉鲁大人——
此人行为严谨，清心寡欲。
他以为我已经前往波兰，
我在民众之中就这么散播消息，
民众也深信不疑。虔诚的神父，
你一定想知道我这样做的理由。

修士托马斯 很想知道，殿下。

公爵 我有一套严刑峻法，
用于制裁那些放肆的草民，
这十四年来[1]，我未曾推行，
就像一头狮子委身山洞，
垂垂老矣，不再出去捕食；
就像溺爱的父亲束起树枝，
在儿女们面前摆摆样子，
只为吓唬人，不是真要打；

---

[1] 这十四年来（for this fourteen years）：第一幕第三场第 51 行说是十九年，此处说是十四年，前后不符。——译者附注

这棍棒终成笑柄，而非鞭挞。
这些法令从不实施，形同虚设，
大胆的人牵着法律的鼻子走，
婴儿敢打奶妈，结果是
礼仪法纪都荡然无存。

修士托马斯 殿下只要愿意，
随时可以执行那些废弛的法律；
而且由您出面要比安吉鲁大人
更令人心生畏惧。

公爵 我只怕人民畏惧过甚。
放纵人民原是我的过错，
若因为他们干出我默许的行为，
势已难改，再去骚扰打击他们，
我就成了暴君；可是邪恶如果
不受惩罚，他们就会为所欲为。
神父，为此我将职位让给安吉鲁，
他可以借我的名义彻底整顿，
而我不亲自动手，以免受讥谤。
为观察他如何统治，我将扮成
贵教会的一名修士，去访问
王公与平民。所以，我请你
借我一套修士服，并指教我
如何立身行事看起来才像是
真正的修士。至于其他原因，
容我有空时向你讲明。目前
只说一条：安吉鲁做事严谨，
总是不露声色，几乎不承认

他身上流着热血，也不认为
面包比石头更合胃口。我倒要看，
一旦当权，正人君子会有何改变？　　　　　　　　同下

第五场　　/　　第四景

伊莎贝拉与修女弗朗西丝卡上

伊莎贝拉　　你们修女没有更多权利了吗？

弗朗西丝卡　难道这些还不够？

伊莎贝拉　　当然，确实够了。我并不是说
　　　　　　想得到更多权利，我倒希望信奉
　　　　　　圣克莱尔的修女[1]遵守更严格的戒律。

路西奥　　（幕内）喂？诸事平安！

伊莎贝拉　　是谁在喊？

弗朗西丝卡　是个男人的声音。伊莎贝拉，
　　　　　　你拿钥匙去开门，问他有什么事。
　　　　　　你可以这样做，我不能。你还没有发誓，
　　　　　　一旦发过誓，你就不能和男人交谈，
　　　　　　除非当着咱们住持的面。
　　　　　　并且说话时，也要遮上脸；

1　圣克莱尔的修女（the votarists of Saint Clare）：圣克莱尔修道会由圣克莱尔（Saint Clare）于
　　1212 年创立，修女在清贫静默中修行。

如果露出脸来，就不许说话。

他又叫了。请你回答他。 下

伊莎贝拉 平安如意！是谁在喊？

路西奥上

路西奥 你好，姑娘！从你玫瑰般的脸庞，

就知道你确实是冰清玉洁之身。

请你帮忙带我去见伊莎贝拉，

她在这里见习，这貌美的女子

有位不幸的弟弟叫克劳迪奥。

伊莎贝拉 为什么她有位不幸的弟弟？

我想知道，因为我必须告诉你，

我就是他的姐姐伊莎贝拉。

路西奥 美丽温柔的姑娘，令弟向你问好。

直截了当地说吧，他进监狱了。

伊莎贝拉 天哪！为什么？

路西奥 要是叫我来裁判，为这件事，

他受到惩罚也会满怀感激：

他让情人怀上了孩子。

伊莎贝拉 先生，不要开玩笑。

路西奥 这是真话。

虽然我惯爱与小姐们逗乐取笑，

说话心口不一，但是与贞女

我不会如此轻薄暧昧。

你抛弃红尘，我当你是女神，

无比圣洁，不老长生。

我和你说话就好似

面对圣人，一片诚心。

伊莎贝拉	你这样取笑我，真是有辱神明。
路西奥	切莫这么想。简单地说，是这样的：
	令弟与他的情人已经同房。
	正如人吃了东西就要发胖，
	荒地里撒下种子也会开花，
	令弟在情人身上辛苦耕耘，
	已经在她的腹中结下了果实。
伊莎贝拉	有人为他怀孕？难道是表妹朱丽叶？
路西奥	她是你的表妹？
伊莎贝拉	结拜的姐妹，我们是同学，
	因为情投意合，便改了称谓。
路西奥	就是她。
伊莎贝拉	哦，就让他俩结为夫妻。
路西奥	问题就在这里。
	公爵离奇离开此地，
	让许多人不知所措，
	包括我自己，以为将发生战争。
	但是熟知国情的人告知我们，
	他散布的话与他的真正用意
	相差甚远。现在接替他职位、
	全权代理他权威的是
	安吉鲁大人。这个人
	冷若冰霜；他从没有
	动过淫念、有过冲动。
	他一味克制，钝化天性；
	他读书斋戒，磨砺心智。
	他因为人们长久以来肆无忌惮，

好似老鼠逗狮子，目无法纪，
为了立威，他挑出一条法令，
如果严格执行，令弟的性命
就将不保。他依据这条法令，
将令弟逮捕，并且从严执行，
杀一儆百。一切希望都已渺茫，
除非你去恳求安吉鲁回心转意。
我受令弟之托，前来给你送信，
本意就在于此。

伊莎贝拉　　他真要处死我弟弟？

路西奥　　　已经下了判决，
并且我听说，典狱长已接到命令，
即将执行死刑。

伊莎贝拉　　哎呀！我有什么办法
可以救他一命呢？

路西奥　　　尽你的力量吧。

伊莎贝拉　　我的力量？哎呀！我只怕——

路西奥　　　疑虑只会误事，
只因害怕尝试，我们就白白丢掉
本有的机会。去见安吉鲁大人，
让他也知道，女人有所请求，
男人就会网开一面；女人
下跪流泪，定会有求必应，
就如同本该如此。

伊莎贝拉　　我去试试吧。

路西奥　　　事不宜迟。

伊莎贝拉　　我马上就去，

> 等我向修道院的住持说一声，
> 就立刻动身。非常感谢你！
> 请向我弟弟问好。今天晚上
> 我就告诉他确切的消息。

路西奥　　我向你告辞了。

伊莎贝拉　好心的先生，再见。　　　　　　　　　　分头下

第 二 幕

第一场 / 第五景

安吉鲁、爱斯卡勒斯、仆人、一法官上

安吉鲁　　　我们不能把法律当作稻草人，
　　　　　　　立在那里吓唬觅食的飞鸟，并且
　　　　　　　一成不变，鸟儿们习以为常，
　　　　　　　不但不怕，还在上面停留栖息。

爱斯卡勒斯　是的，不过我们的刀刃
　　　　　　　虽然锐利，用起来却要小心，
　　　　　　　不可大砍大杀，要人性命。
　　　　　　　唉！我要解救的这位绅士，
　　　　　　　他的父亲德高望重。我深信
　　　　　　　你在操守上一丝不苟，不过你想想，
　　　　　　　在你动情的时候，如果时间
　　　　　　　配合着地点，地点满足了心愿，
　　　　　　　你凭着满腔激情，大胆行动，
　　　　　　　想方设法达到你的目的。
　　　　　　　在这样的时刻，你也难免犯错。
　　　　　　　现在你却因此判他的罪，
　　　　　　　就是拿起法律惩罚你自己。

安吉鲁　　　爱斯卡勒斯，受到诱惑是一回事，
　　　　　　　堕落则是另一回事。我不否认，
　　　　　　　决定犯人生死的十二人陪审团，

虽然都宣过誓，其中有一位也许
是窃贼，有两位也许比犯人更有罪。
一旦罪行暴露，法律便要追究。
窃贼裁决窃贼，法律怎能知晓？
只要发现珠宝，我们当然弯腰，
因为已经看到；但若是看不到，
我们就会踩踏上去，毫不在意。
你也不能因为我有类似的毛病，
就减轻他的罪过；你应该告诫我，
我现在判他死刑，如果我将来
犯同样的罪，也不可有任何偏私，
必须判自己死刑。大人，他必须死。

典狱长上

爱斯卡勒斯　　大人高见。

安吉鲁　　典狱长在哪里？

典狱长　　在此，大人。

安吉鲁　　请注意，
　　　　明天早上九点处决克劳迪奥，
　　　　为他请一位神父，让他做好准备，
　　　　他人生的旅程已经快到头了。　　　　　　　典狱长下

爱斯卡勒斯　　（旁白）上天宽恕他吧，也宽恕我们大家。
　　　　有人行善却跌跤，有人犯罪反发达，
　　　　有的人侥幸逃脱，逍遥法外，
　　　　有的人一次失足，罪不能改。

艾尔保与差役上；弗洛斯与小丑庞培随上

艾尔保　　来人，把他们带走。这些人无所事事，只知道在窑子里胡
　　　　作非为，如果他们也算是好人，那真是无法无天了。把他

们带走。

安吉鲁 喂，伙计，你叫什么名字？出了什么事情？

艾尔保 启禀大人，我是公爵手下的一名警吏，叫艾尔保。我靠的是法律，大人，现在为您带来两位臭名昭著的大善人，请您发落。

安吉鲁 大善人？他们做过什么善事？该不是大恶人吧？

艾尔保 启禀大人，我也不清楚他们是什么人，反正他们是大坏蛋，这点我很清楚。好基督徒应该渎神啊，他们可是一点也没有。[1]

爱斯卡勒斯 （对安吉鲁）说得好，这真是一个聪明的警吏。

安吉鲁 继续说，他们是干哪一行的？你叫艾尔保？你怎么不说话了，艾尔保？

庞培 他说不了了，大人。他是哀而不保了。[2]

安吉鲁 你是干什么的，先生？

艾尔保 他吗？大人，他为一个坏女人干事，边卖酒，边拉皮条。大人，那女人在郊外的房子听说被拆了，现在她又开了一家澡堂子，我看也不是好地方。

爱斯卡勒斯 你怎么知道的？

艾尔保 我的老婆呀。当着上天和大人，我恨[3]——

爱斯卡勒斯 什么？你的老婆？

艾尔保 是的，大人。感谢上天，她是个正派的女人——

爱斯卡勒斯 所以你恨她吗？

---

1 好基督徒应该渎神啊，他们可是一点也没有（and void of all profanation in the world that good Christians ought to have）：艾尔保此处可能是想表达"敬畏"（reverence）之意，却误用了 profanation（渎神）一词，或者是想说 profession（立誓信教）。

2 他是哀而不保了（he's out at elbow）：out at elbow 意思是心神不宁或无话可说，庞培此处化用艾尔保（Elbow）的名字，语带双关，故译为"哀而不保"。——译者附注

3 我恨（I detest）：此处 detest（憎恨）一词是误用，应该用 protest（声明）。

艾尔保	听我说，大人，这地方要不是窑子，我就不但恨她，也恨我自己。但活该她倒霉，那里绝不是好地方。
爱斯卡勒斯	你怎么知道的，警吏？
艾尔保	看我老婆就知道，大人。幸亏她不好风流，不然的话，她会在那里通奸、偷人，干尽下流的事情。
爱斯卡勒斯	跟这女人一起？
艾尔保	是的，大人，跟欧弗东太太的伙计。但是，她唾他一脸唾沫，拒绝了他。
庞培	启禀大人，情况并非如此。
艾尔保	当着这些混账东西，你这个体面人要拿出证据。[1]
爱斯卡勒斯	（旁白。对安吉鲁）你听听，他说话颠三倒四。
庞培	大人，她进来的时候，挺着个大肚子，吵着要吃煮梅子[2]——我说这种话，大人您别见怪。大人，梅子总共只剩两个，当时似乎是放在一个果盘里的，煮梅子三个便士一盘。那样的果盘，大人您一定见过，虽然不是瓷盘子，要说也是很不错了——
爱斯卡勒斯	说正经的。这事和盘子没关系。
庞培	没错，大人，您说得对，一点关系没有。言归正传，我刚才说，这位艾尔保太太怀有身孕，挺着大肚子，我说过，她吵着要吃煮梅子，但是盘子里只剩两个梅子，我说过，这位弗洛斯少爷，就是这个人，把其余的都吃完了，我说过，他可是规规矩矩付了账的，因为您知道，弗洛斯少爷，

1　当着这些混账东西，你这个体面人（Prove it before these varlets here, thou honourable man, prove it）：艾尔保完全说反了，本要说："当着这些体面人，你这个混账东西……"。

2　煮梅子（stewed prunes）：妓院常备的零食，用于治疗梅毒。此处用作 scrotum（阴囊）的委婉语；stewed 亦是双关语，影射 stews（妓院）。

我当时没有三个便士零钱找给您。

弗洛斯	确实没有。
庞培	很好，如果您还记得，您当时正一个劲儿地嗑那些梅子的核[1]——
弗洛斯	嗯，我是这么做来着。
庞培	那么，好，您大概还记得，我当时对您说，这一个那一个，都得上了您知道的那种病，无可救药了，除非他们的饮食特别当心。
弗洛斯	你说的一点不错。
庞培	哎呀，好极了——
爱斯卡勒斯	得啦，你这个傻瓜太啰唆。你们究竟怎么欺负了艾尔保的老婆，叫他来控告你们？说，你们对她干了什么？
庞培	还没说到那儿呢，大人，您想知道怎么干？
爱斯卡勒斯	胡说，我可不想知道怎么干。
庞培	恕我直言，大人，您会知道的。请您瞧瞧这位弗洛斯少爷。他每年有八十镑的进项，他父亲是万圣节[2]那天死的。是不是万圣节那天，弗洛斯少爷？
弗洛斯	是万灵节那天。
庞培	那好吧，但愿您说的都是实话。我说过，大人，他当时就坐在葡萄吧[3]的一把矮椅子上，大人。您特喜欢坐在那里，是不是？
弗洛斯	我是喜欢那里，因为那是聚会所，冬天还暖和。

---

1 那些梅子的核（the stones of the foresaid prunes）：影射男性的睾丸。

2 万圣节（Hallowmas）：每年 11 月 1 日为万圣节；10 月 31 日称作"万圣节前夕"，即"万灵节"（All-hallond eve）。

3 葡萄吧（Bunch of Grapes）：一酒馆或酒馆房间的名字。

庞培	这就是了，但愿您说的都是实话。
安吉鲁	即使在长夜漫漫的俄罗斯，
	这样说下去，也要说一整夜。
	我先走一步，这案子你来问吧，
	希望你给他们每人抽一顿鞭子。 安吉鲁下
爱斯卡勒斯	我也这么想。大人，再见。好了，你接着说，你对艾尔保老婆干了什么，再来一次。
庞培	一次？大人，我对她从没干过一次。
艾尔保	大人，请您问问这个人对我老婆干了什么。
庞培	您问我吧，大人。
爱斯卡勒斯	那好吧，这位先生对她干了什么？
庞培	大人，请您看看这位先生的脸。弗洛斯少爷，您也看看大人的脸。这么做自有道理。大人看清了他的脸吧？
爱斯卡勒斯	嗯，看清了。
庞培	不，请您再仔细看看。
爱斯卡勒斯	好，我仔细看了。
庞培	您有没有在他脸上看到会欺负人的样子？
爱斯卡勒斯	看不出来。
庞培	我可以按着《圣经》起誓，他的脸是他全身最不安分的部位。如果他的脸是他身上最不安分的部位，弗洛斯少爷怎么会欺负警吏的老婆？请您明察。
爱斯卡勒斯	他说得有理。警吏，你怎么说？
艾尔保	请您见谅，首先，那房子是清白的房子；其次，这人是清白的人，他的老婆也是清白的女人。[1]

---

1 他的老婆也是清白的女人（and his mistress is a respected woman）："清白的"原文为 respected，系误用，应为 suspected（可疑的）。

庞培	我举手发誓，大人，他老婆比我们所有人都更清白。
艾尔保	混账，你撒谎，你撒谎，可恶的混账！她在任何男人、女人、小孩面前，从没有清白过。
庞培	大人，在他俩结婚之前，她就被他清白过了。
爱斯卡勒斯	到底哪个更明智？法律还是罪恶？[1] 此话当真？
艾尔保	啊，好你个流氓！好你个混蛋！你这个邪恶的汉尼拔[2]！难道结婚前，我就和她清白过？如果我清白过她，或者她清白过我，请大人别把我当作公爵手下的警吏。你这个邪恶的汉尼拔，拿出证明来呀，要不我就控告你的伤人罪。
爱斯卡勒斯	要是他打你一记耳光，你就可以告他诽谤罪了。[3]
艾尔保	对头，多谢大人指教。您说我该怎样对付这个邪恶的流氓呢？
爱斯卡勒斯	说实话，警吏，只要他有什么罪行，你总会想方设法加以揭发。还是让他继续兴风作浪吧，到最后你总会发现他干了什么坏事。
艾尔保	遵命，多谢大人指教。 ——（对庞培）你看到了吧，你这个邪恶的混蛋，你现在知道厉害了吧。你继续干呀，你这个混蛋，继续干吧。
爱斯卡勒斯	你是哪里出生的，朋友？
弗洛斯	就在维也纳本地，大人。

1　法律还是罪恶？（Justice or Iniquity?）："法律"（Justice）与"罪恶"（Iniquity）都是道德剧中的人物名。

2　汉尼拔（Hannibal）：汉尼拔是公元前 3 世纪的迦太基将军，曾抗击罗马人的入侵。艾尔保此处可能原本想说 cannibal（食人野人）。

3　要是他打你一记耳光，你就可以告他诽谤罪了（If he took you a box o'th'ear, you might have your action of slander too）：打耳光是伤人行为（action of battery），而污蔑人的清白才是诽谤行为（action of slander），爱斯卡勒斯故意说错，意在提醒艾尔保的错误。

爱斯卡勒斯	你每年收入有八十镑吗？
弗洛斯	是的，大人。
爱斯卡勒斯	好。你是干什么行当的，先生？
庞培	卖酒的伙计，给一位可怜的寡妇当伙计。
爱斯卡勒斯	你家女主人叫什么？
庞培	欧弗东太太。
爱斯卡勒斯	她嫁过的丈夫不止一个吧？
庞培	九个，大人，最后一个叫欧弗东。
爱斯卡勒斯	九个？请你过来，弗洛斯少爷。你不要和这些卖酒的厮混，他们会把你掏得一干二净。弗洛斯少爷，你该把他们绞死。去吧，别让我再听见你闹事。
弗洛斯	多谢大人！照我自己说，我可从没有进过酒馆，都是叫人引诱去的。
爱斯卡勒斯	好啦，别再说了，弗洛斯少爷，再见。—— 弗洛斯下（对庞培）这位卖酒的，到这边来。你叫什么名字？
庞培	庞培。
爱斯卡勒斯	还有呢？
庞培	屁股，大人。
爱斯卡勒斯	真的，屁股是你身上最大的部位。所以，说句粗话，你就是庞培大帝[1]。无论你如何改头换面，假扮卖酒的身份，庞培，你实际上干的是拉皮条的勾当，对不对？来，对我说实话，这对你没坏处。
庞培	老实说，大人，我是个穷光蛋，只想混饭吃。
爱斯卡勒斯	你怎么混饭吃，庞培？靠拉皮条吗？你觉得这个行当怎么样，庞培？这合法吗？

1　庞培大帝（Pompey the Great）：公元前一世纪的著名罗马将领。

庞培	如果法律允许，大人。
爱斯卡勒斯	可是法律不允许，庞培，在维也纳从此不再允许。
庞培	大人，难道您想把城里所有的年轻人都阉了吗？
爱斯卡勒斯	不，庞培。
庞培	说实话，大人，以小人之见，他们总会干的。如果您能为妓女和嫖客都找到营生，也就不用担心拉皮条的。
爱斯卡勒斯	我可以告诉你，已经开始颁布命令：都是砍头、绞死的命令。
庞培	如果有人犯了这种罪，您就砍头和绞死，不出十年，您就要发布命令，鼓励人们多生孩子；如果这条法律在维也纳执行十年，我花三个便士就能把全城最漂亮的房子租下来。如果您能活着看到那一天，别忘了庞培早就有言在先。
爱斯卡勒斯	谢谢你，庞培！为了回报你的预言，请你听好：我劝你，不要再让我看到你惹上官司，不要再让我听到你还在干这个行当。不然的话，庞培，我会一直撵到你家门口打你，让你见识见识凯撒的厉害。[1] 直截了当地说，庞培，我就要判你挨一顿鞭子。这次就饶过你，庞培，你走吧。
庞培	多谢大人的忠告！——（旁白）但是听不听你的话，还要由我的身体和命运来决定。我挨鞭子？不，不！ 车夫只管抽驽马， 好汉不怕鞭子打。　　　　　　　　　　　　　　下
爱斯卡勒斯	到这边来，艾尔保，过来，警吏先生。你当警吏多少年啦？
艾尔保	七年半，大人。
爱斯卡勒斯	凭你办事老练的样子，我就知道你干这个差事已经有年头了。你说，有七年啦？

1　让你见识见识凯撒的厉害（and prove a shrewd Caesar to you）：公元前 48 年凯撒在法萨利亚之战（battle of Pharsalia）中曾大败庞培。

艾尔保	再加半年，大人。
爱斯卡勒斯	哎呀！实在辛苦你了！他们老是让你忙这忙那，太对不住你了。你那个辖区就没有其他合适的人吗？
艾尔保	讲实话，大人，有这种头脑的人真不多。他们就是当选，也乐意让我来代替。我任劳任怨，无非是为了挣点钱。
爱斯卡勒斯	在你们区里挑六七个最能干的人，开一个名单送给我。
艾尔保	送到您府上，大人？
爱斯卡勒斯	送到我家里来。再见。　　　　　　　艾尔保下
	（对法官）你说，现在几点了？
法官	十一点了，大人。
爱斯卡勒斯	请到我家里用饭。
法官	谢大人。
爱斯卡勒斯	克劳迪奥判了死刑让我难过，
	但事情已经无法挽回。
法官	安吉鲁大人太严酷了。
爱斯卡勒斯	这样也有必要。
	慈悲并不总是软心肠，
	宽恕怕要酝酿新祸殃。
	不过，可怜的克劳迪奥！无法挽回了。
	走吧，先生。　　　　　　　　　众人下

第二场　　/　　景同前

典狱长与一仆人上

仆人　　大人正在审案，马上就来，
　　　　我去为你通报。

典狱长　有劳你了。——我想知道　　　　　　　　仆人下
　　　　他的心思，也许他会回心转意。
　　　　唉！他像是在梦中犯下了大罪，
　　　　形形色色老老少少谁也难免这过错，
　　　　可他却要为此送命。

安吉鲁上

安吉鲁　典狱长，有什么事？

典狱长　您是不是已经决定明天要处死克劳迪奥？

安吉鲁　难道我没有通知你？你没有接到命令？
　　　　为什么还来问我？

典狱长　我只怕太鲁莽。
　　　　请您明察，我曾经亲眼见过，
　　　　在死刑执行之后，法官追悔
　　　　判决不当。

安吉鲁　住口，如果不当，由我承担。
　　　　你应该履行职责，要不就辞去职务；
　　　　没有你，还有别人可供委任。

典狱长　请大人宽恕我多嘴。
　　　　那日夜呻吟的朱丽叶该如何处置？
　　　　她已经临产了。

安吉鲁	将她送到
	一个合适的地方，要抓紧。

仆人上

仆人	那个死刑犯的姐姐来了，
	要求见大人一面。
安吉鲁	他有个姐姐？
典狱长	是的，大人，是一位贤淑的姑娘，
	最近就要出家做修女，
	说不定已经受戒。
安吉鲁	好，请她进来。 仆人下
	你去把那通奸的淫妇送走，
	给她必要的用品，但不必铺张。
	随后我将为此签发赦令。

路西奥与伊莎贝拉上

典狱长	上帝保佑大人！
安吉鲁	（对典狱长）稍等片刻。——
	（对伊莎贝拉）欢迎，你有何贵干？
伊莎贝拉	我有不幸，要向大人恳求，
	但求大人听我陈诉。
安吉鲁	好，你有什么诉求？
伊莎贝拉	这本是我深恶痛绝的罪过，
	本希望法律能加以严惩。我不愿
	为之求情，可是我又必须这么做；
	我不应来求情，但是究竟怎么办，
	我真是进退两难。
安吉鲁	那么，究竟是什么事？
伊莎贝拉	我有一位弟弟被判死刑，

	恳请大人，判他的罪过死刑，
	而不是我弟弟本人。
典狱长	（*旁白*）愿上天赐给她打动人心的力量。
安吉鲁	惩罚罪过而放过犯罪的人？
	犯不犯罪，都有判罚的章程；
	如果只是按照白纸黑字，
	惩罚罪过，却放走了罪人，
	那我的职责岂不是形同虚设？
伊莎贝拉	啊，公正而严酷的法律呀！
	我弟弟算是完啦。上天保佑大人。
路西奥	（*旁白。对伊莎贝拉*）不能这样就放弃。再过去，求他，
	跪在他面前，抱住他的衣襟。
	你太冷淡了。就算是要根针，
	你也不该用这样平淡的口吻。
	听我说，去求他！
伊莎贝拉	（*对安吉鲁*）他非死不可吗？
安吉鲁	姑娘，无可挽回。
伊莎贝拉	可是，我相信您可以饶恕他，
	而且天上人间都不会怪您过分慈悲。
安吉鲁	我不会那么做。
伊莎贝拉	如果您愿意，您能那么做吗？
安吉鲁	听着，只要我不愿意，就不能做。
伊莎贝拉	但是您可以做，而且对世人无害，
	如果您的心像我的心一样，
	对他充满同情。
安吉鲁	他已经被判决，太迟了。
路西奥	（*旁白。对伊莎贝拉*）你还是太冷淡。

伊莎贝拉	太迟了？不，只要是我说的话， 我就可以将它收回。您相信我： 属于大人物的任何排场， 无论国王的冠冕，还是尚方宝剑， 元帅的权杖还是法官的长袍， 都不如慈悲心配得上 他们的贤德和威仪。 如果他是您，而您是他， 您也许会像他一样犯错， 但是他不会像您这样严酷无情。
安吉鲁	请你走吧。
伊莎贝拉	我祈祷上天，让我有您的权力， 而您是伊莎贝拉，结果还会这样吗？ 不。我要让您知道怎样才算是法官， 怎么才成为囚犯。
路西奥	（旁白。对伊莎贝拉）好，打动他，这么说就对了。
安吉鲁	你弟弟已经依法判罪， 你是在浪费唇舌。
伊莎贝拉	天哪，天哪！ 一切众生都有罪，上帝本可以 惩罚人类，却为他们寻求解脱。 如果最高主宰按照您的 实际情形加以判决，您会是 怎样状态？想想这一点吧， 您会像上帝缔造的新人， 气息里都散发着仁慈。
安吉鲁	别再费心了，美丽的姑娘。

判你弟弟死罪的是法律，而不是我。
就算他是我的亲人、兄弟或儿子，
也不能改变结局。他明天唯有一死。

伊莎贝拉　明天？这么急！饶了他，饶了他吧！
他还没到该死的时候。就算在厨房里
杀只鸡，我们也要按照时节。
难道我们敬奉上天比满足口腹
还要随意？好心的大人，您想想：
有谁曾经因为犯这个罪就送死？
犯这个罪的人可多得很。

路西奥　（旁白。对伊莎贝拉）对，说得好。

安吉鲁　法律虽然沉睡，却没有消亡。
如果第一个犯这种罪的人
就受到惩处，许多人也不敢
重蹈覆辙。现在法律已苏醒，
注视着发生的事情，就像先知
注视着水晶球，看出将来的罪恶，
无论是既有的，还是新生的，
或是私下孵化，暗中滋长的，
不能让它们自生自灭，
现在就要杜绝后患。

伊莎贝拉　求您发发慈悲吧。

安吉鲁　我秉公执法就是最大的慈悲，
因为这样我就是在同情陌生人，
罪人不受惩罚，以后会害了他们。
他也罪有应得，一次犯罪就伏法，
就不会活着犯第二次。不要抱怨，

你弟弟明天处死，请不要难过。

伊莎贝拉　这么说，您一定要做判决
这种刑罚的第一人，他必须因此受死。
拥有巨人的力量固然好，但是滥用
巨人的力量未免太残暴。

路西奥　（旁白。对伊莎贝拉）说得好。

伊莎贝拉　如果大人物们都像天神一般
发雷霆，天神就不得安宁，
因为就算是芝麻小官发脾气，
也会借用他的天庭放炸雷！
慈悲的上天啊，您的硫火霹雳
猛烈无比，宁可用来劈开
僵硬变形的老橡树，而不是
摧残柔嫩的桃金娘。但是人，
傲慢的人，一朝权力在手，
便将他脆弱的本质忘得干干净净，
像一只发怒的猴子，面对上天
玩起各种离奇的把戏，使得天使
也流泪。天使如果通人性，
只怕会笑破肚皮。

路西奥　（旁白。对伊莎贝拉）啊，对他讲，对他讲，姑娘。
他就要回心转意，我看得出来。

典狱长　（旁白）上天保佑她能说服大人。

伊莎贝拉　我们不能拿自己衡量他人，
大人物嘲弄圣人，可以说是有才华，
小人物要是这么做，就是太无礼。

路西奥　（旁白。对伊莎贝拉）说得对，姑娘，继续说。

伊莎贝拉	军官口中的一句气话，
	士兵说出就是大逆不道。
路西奥	（*旁白。对伊莎贝拉*）这个你也懂？别停顿。
安吉鲁	你为什么冲我说这些话？
伊莎贝拉	因为当权者虽然和他人
	一样犯罪，但是却自有一套，
	将过失掩盖。请您反躬自省，
	打开心扉问一问，您自己是否也
	犯过和我弟弟同样的过错。
	这种罪过人性难免，如果您自认
	也犯过，就不要口口声声地说
	要结果我弟弟的性命。
安吉鲁	（*旁白*）她说得有条有理，
	我的思想也不免动摇。——再见吧。（*欲走*）
伊莎贝拉	好心的大人，别忙走。
安吉鲁	我要想一想。明天你再来。
伊莎贝拉	听听我将如何报答您。别忙走。
安吉鲁	怎么？报答我？
伊莎贝拉	是的，以上天的礼物来报答您。
路西奥	（*旁白。对伊莎贝拉*）幸亏你这么说，不然就前功尽弃。
伊莎贝拉	我要报答您的不是十足的金币，
	也不是随人评价、忽贵忽贱的
	宝石；我要报答您的是
	在日出之前上达天庭的
	虔诚的祈祷，这祈祷来自
	斋戒少女的纯真心灵，
	不带丝毫尘世的杂念。

安吉鲁	那好，明天来见我。
路西奥	（旁白。对伊莎贝拉）行了，走吧！
伊莎贝拉	愿上天保佑您！
安吉鲁	（旁白）阿门！
	我俩的祈祷貌合神离，
	这么说我已受到诱惑。
伊莎贝拉	我明天什么时候
	来参见大人？
安吉鲁	中午以前都可以。
伊莎贝拉	上天保佑您！　　　　　　　伊莎贝拉、路西奥与典狱长下
安吉鲁	保佑我不受你和你贞操的诱惑。

　　　这是怎么了？怎么了？怪她还是怪我？
　　　诱惑者和被诱者，谁的罪过更大？
　　　嘻！不是她的错——她没想诱惑——
　　　过错在于我，像一块腐肉，
　　　对着紫罗兰[1]，同在阳光中
　　　却散发着臭气。难道贤淑的姑娘
　　　比浪荡的妇人更能勾动我们的情欲？
　　　难道因为荒地太多，我们倒忍不住
　　　拆掉神圣的殿堂，而在那里支起
　　　邪恶的营帐？啊，呸、呸、呸！
　　　安吉鲁，你要干什么？你是什么人？
　　　她的善良怎么反倒引起
　　　你的淫念？啊，让她弟弟活下去吧！
　　　如果法官本人也偷盗，窃贼

1　紫罗兰（violet）：象征贞洁。

就有了理由。唉，难道我爱她？
难道我渴望再听她说话，
饱餐她的美色？我做的是什么梦？
狡诈的敌人[1]啊，为了陷害圣人，
竟然用圣女作钓钩的饵料！
最危险的诱惑就是趁我们
爱慕美德时，刺激我们犯罪。
就算娼妇用尽妩媚和风骚也不曾
打动我的心，可是这贞洁的姑娘
却把我征服。男人对女人倾倒，
我曾笑而不解，而今我也领教。　　　　　　　　　　下

第三场　　/　　第六景

公爵扮修士与典狱长分头上

公爵　　　你好，典狱长！——我猜你就是。
典狱长　　我是典狱长。有何贵干，神父？
公爵　　　本着我的善心，
　　　　　　也奉教会之命，我来此狱中
　　　　　　探访受苦受难的灵魂。
　　　　　　请照例允许我见见他们，

1　敌人（enemy）：即魔鬼。

并且告诉我他们犯下的罪行，

我好对他们分别开导。

典狱长　你如有别的需要，我也乐意效劳。

朱丽叶上

看，来了一个，是这里的一个女犯人，

她因为青春冲动，不慎失足，

败坏了名声。她怀有身孕，

使她怀孕的人被判死刑；

那年轻人本可以再次寻欢，

却要为此送命。

公爵　他什么时候受死？

典狱长　据我所知，是在明天。

（对朱丽叶）我已经为你准备好，稍等，

这就带你去。

公爵　姑娘，你为你犯下的罪忏悔吗？

朱丽叶　我忏悔，并且我情愿承担耻辱。

公爵　我教你如何审问

自己的良心，检验自己的忏悔，

看看到底是真诚还是虚伪。

朱丽叶　我乐意受教。

公爵　你爱那个害你的男人吗？

朱丽叶　是的，就像我爱那个害他的女人。

公爵　这么说，你们所犯的罪

似乎是双方自愿了？

朱丽叶　双方自愿。

公爵　那么你的罪孽要比他重。

朱丽叶　我承认，我也忏悔，神父。

公爵	这很好，孩子，不过你忏悔 乃是因为那罪孽给你带来了耻辱， 这种悲哀总是为了我们自己，而非上天， 说明我们不敢冒犯上天，不是因为热爱， 而是出于畏惧——
朱丽叶	我忏悔，因为我犯的罪， 上天加给我的耻辱，我欣然接受。
公爵	这就对了。 我听说，你的情人明天就要处死， 我现在要去开导他。 愿上天保佑你！　　　　　　　　　　下
朱丽叶	明天就要死！害人的爱情啊！ 我虽苟且偷生，但死亡的恐惧 将是我今生唯一的乐趣！
典狱长	可怜的人！　　　　　　　　　　众人下

第四场　/　第七景

安吉鲁上

安吉鲁	我祈祷沉思的时候，各种心思 便涌上心头。上天听着我的空话， 我却不知道自己在说啥， 我的杂念围绕着伊莎贝拉。

上天的名字挂在我的口里念叨，
在我心里却汹涌着强烈的邪念。
为政当官像是研究一本好书，
经常翻阅终究也会单调乏味。
是的，切莫让人听见，
我的权威很让我得意，
愿拿来换一根轻佻的羽毛，
只管随风招摇。啊，地位仪表，
你的服装外貌让多少糊涂虫
心生敬畏，又让多少聪明人
俯首帖耳？你呀，终归是血肉身，
魔鬼的头角就算挂上天使的招牌——
也改不了邪恶的本性。[1]

一仆人上

喂，谁来啦？

仆人　　一位叫伊莎贝拉的修女求见大人。
安吉鲁　　领她进来。　　　　　　　　　　　　　仆人下
天哪！
为什么我的血往心头涌，
让我意动神摇难自持，
浑身虚弱无力气？
恰似看见有人晕厥，
愚蠢的群众蜂拥上前
来帮忙，反而阻塞了空气，

---

[1] 人乃血肉之躯，情欲在所难免，到底是做天使，还是做魔鬼，随各人的本性决定。——译者附注

让晕厥的人不能苏醒；
如果民众一心拥戴国王，
干脆抛下各自的工作，
跑到国王面前大献殷勤，
他们的忠心倒像是罪行。

伊莎贝拉上

什么事，美丽的姑娘？

伊莎贝拉　我来是想知道大人的心意。

安吉鲁　（旁白？）我的心意你已经知道，
不必来问我。——你的弟弟不能活命。

伊莎贝拉　好吧，上天保佑大人。（欲走）

安吉鲁　也许他可以多活几天，也许可以
活得和你我一样长，但是最后难免一死。

伊莎贝拉　由大人判决吗？

安吉鲁　不错。

伊莎贝拉　请问大人，什么时候？
也好让他在或长或短缓刑期内有所准备，
以免灵魂遭受折磨。

安吉鲁　哼，呸！这些下流的罪孽！
无论从造物者那里夺走活人，
还是在情欲缠绵中按照
上天的样子制造新的生命，
都不得宽恕。错误杀死
一个无辜的人，与犯禁
制造一个违法的生命，
都同样轻而易举。

伊莎贝拉　这是天上的禁令，人间未必通行。

安吉鲁	你这么说吗？那我来问你：
	到底是让最公正的法律现在就夺走
	你弟弟的性命，还是为了救赎他，
	你甘愿献出你的肉体，供人享乐，
	就像你弟弟曾玷污的情人？
伊莎贝拉	大人，请相信，
	我宁愿奉献我的肉体，而非灵魂。
安吉鲁	我说的不是你的灵魂。我们被迫
	犯下的罪孽虽然不少，却不用负责。
伊莎贝拉	您怎能这么说？
安吉鲁	不，我可不担保以上说法，
	既然能说出口，我也能否认。回答我：
	我现在代表明文规定的法律，
	宣判你弟弟死刑；你为了救
	你弟弟的性命，就算是罪孽，
	是否也含有慈悲之心？
伊莎贝拉	请大人挽救他，
	就算危及灵魂，我也情愿承担，
	何况这根本不是罪孽，而是慈悲。
安吉鲁	如果你不怕拿你的灵魂冒险，
	罪孽和慈悲就可以相互抵消。
伊莎贝拉	我恳求您饶他一命，
	如果这是罪孽，让我受上天惩罚。
	您答应我的请求，如果也是罪孽，
	我将在晨祷中祈求罪孽加在我头上，
	绝不让您承担。
安吉鲁	不，听我说。

你没懂我的意思。你要么懵懂无知，
要么假装糊涂，这样可不好。

伊莎贝拉　　我只求上天赐给我自知之明，
除此之外，我宁愿无知，什么都不会。

安吉鲁　　智慧之光越加以掩饰，
就越显得明亮，就像美貌经过
黑色面纱遮挡，比抛头露面的
还动人十倍。你听清楚，
我要直截了当，让你听明白：
你的弟弟非死不可。

伊莎贝拉　　是的。

安吉鲁　　从他所犯的罪来看，
根据法律，理应处死。

伊莎贝拉　　不错。

安吉鲁　　要救他没有别的方法——
我认为别的方法毫不相干，
都是在打岔——如果他的姐姐你
发现一个爱慕你的人，此人
能左右法官，自己也有权势，
能把你弟弟从法网恢恢之中
解救出来，此外别无他法。
但是你必须将玉体横陈，献出你
最宝贵的部分给这个假定的人，
否则你弟弟就要被处死，
你该怎么办？

伊莎贝拉　　我愿与可怜的弟弟一样：
也就是说，就算判我死刑，

我会把入骨的鞭痕当作红玉，
即使打得我粉身碎骨命归黄泉，
就像渴望在床榻长眠，也不会
让我的肉体蒙受耻辱。

安吉鲁 那么你弟弟只好送死。

伊莎贝拉 这还比较划算。
宁可让弟弟死一回，
也不能让姐姐为救他，
却生不如死，无法超脱。

安吉鲁 那么，和你咒骂的死刑判决相比，
你不是同样冷酷无情？

伊莎贝拉 可耻的求饶和无条件的宽恕
天差地别。合法的慈悲绝不能与
肮脏的救赎为伍。

安吉鲁 可是你刚才把法律看作暴君，
把你弟弟的过错说成
寻欢作乐，而非罪恶。

伊莎贝拉 请原谅，大人！
为了实现愿望，我们时常口是心非。
为了我所珍爱的人，有时我
会袒护我所痛恨的罪过。

安吉鲁 我们都是脆弱的。

伊莎贝拉 如果您所说的脆弱秉性，
只专属我弟弟一人，其他人没份，
那么就让他去死吧。

安吉鲁 不，女人也是脆弱的。

伊莎贝拉 是的，正如女人用的镜子，

可以用来照影，也容易破碎。
女人？上天啊！女人生育了男人，
男人却摧残女人。不，我们脆弱十倍，
因为我们像我们的容颜一样柔嫩，
对男人的垂涎没有戒心。

安吉鲁 我想你说得对。
根据你们女性自己的供词——
我想，我们终究敌不过
天生的弱点——我就不客气了。
我要抓住你的话柄。听好了，
你是一个女人，做不了神仙，
你就做一个凡人；要说是女人，
从你外表看，当然十分确定，
那么现在就显露你的脆弱本性。

伊莎贝拉 我只懂一种语言，大人，
请您用刚才的语言和我说话。

安吉鲁 说实话，我爱你。

伊莎贝拉 我弟弟也爱朱丽叶，
您却说，他要为爱送死。

安吉鲁 伊莎贝拉，如果你爱我，他可以不死。

伊莎贝拉 我知道，您品德高尚，
可以随心所欲，但这样
撩拨他人未免有失检点。

安吉鲁 我以名誉担保，请相信我，
我说的是真心话。

伊莎贝拉 哼！你还有什么名誉让人相信，
你的真心话无比卑鄙！虚伪呀，虚伪！

我要揭发你，安吉鲁，你等着瞧。
马上为我弟弟签署赦免令，
不然，我就亮开嗓门呼喊，
让全世界知道你是什么人。

安吉鲁 谁会相信你，伊莎贝拉？
你的控诉根本抵不过
我清白的名声，克己的生活，
我对你的反驳和我所居的高位。
你陈述时将会吞吞吐吐，带着
诽谤的气味。我既然已经挑明，
现在我就放纵我的情欲，
要你满足我强烈的欲望；
抛开一切礼法和忸怩作态，
那只会阻燃欲火。为救你弟弟，
就让你的肉体屈从我的心意，
否则他不仅要死，因为你的无礼，
还要遭受酷刑，被慢慢折磨致死。
明天就答应我的要求，否则，
我一时冲动，要对他痛下狠手。
至于你，随便你怎么讲，
我的谎言将压倒你的真相。

下

伊莎贝拉 我该向谁去控诉？
即使我说出真相，谁会相信？
啊，人言可畏！同一个舌头，
忽而谴责诅咒，忽而表彰赞美，
可以让法律服从个人意志，
让是非曲直被欲望牵着走！

我要去见弟弟。尽管他
因一时冲动而酿下大错，
但是他却爱惜名誉；如果他
有二十颗头颅去偿还罪孽，
会坦然放在二十个断头台上
让人去砍，也不会让他姐姐的
清白之身遭受玷污。伊莎贝拉，
清白地活下去，让弟弟去死，
清白比弟弟的性命更重要。
我还要告诉他安吉鲁的要求，
让他视死如归，灵魂得救。　　　　　　下

第三幕

乔装改扮的公爵、克劳迪奥与典狱长上

公爵 　　你还希望安吉鲁大人赦免你吗？

克劳迪奥 　可怜人除了希望，
　　　　　　没有其他解药。
　　　　　　我希望活下去，也准备就死。

公爵 　　确信必有一死，而后无论生死
　　　　　　都不再牵挂。生命应该如是观：
　　　　　　我如果丢失你，只是丢失了
　　　　　　一件傻瓜才乐意保存的东西。
　　　　　　你是一股气息，遵从星辰的支配，
　　　　　　你居住的躯壳时刻承受着折磨。
　　　　　　你其实只是死神的玩物，
　　　　　　虽然你努力躲避死神，
　　　　　　却仍然在向死神靠近。
　　　　　　你并不高贵，因为你的舒适便利
　　　　　　全都来自别人的辛苦劳累。
　　　　　　你毫不勇敢，因为一条小蛇
　　　　　　分叉的细弱舌头也让你胆颤。
　　　　　　睡眠就是你最好的休息，
　　　　　　你经常召唤睡魔，但是对
　　　　　　相似的死神，你却怕得要命。

你没有自我，因为你的生存
依赖泥土中长出的千万颗粮食。
你不幸福，因为没有的，你争夺，
到手的，你又忘记。你朝三暮四，
因为你的气质随月圆月缺变化不定。
要说你富有，其实你很辛苦，
你是驮着金条的驴子，一路上
财富把你的脊背压弯，一直到死
你才卸下重担。你没有亲朋，
就算你的子女，你的亲生骨肉，
口头喊你父亲，私下却诅咒你
早点让痛风、湿疹和风湿折磨致死。
青春和老年，都与你无关，
你只在饭后打盹时将它们梦见，
因为你在青春荣华时就已衰老，
要向长辈乞讨；等到你年老有钱，
你不再有激情、体格、精力或美貌
去享受你的财富。那这怎么配
叫作生命？生命的苦难超过
一千次死亡，可是我们对
一了百了的死亡却充满恐惧。

克劳迪奥　多谢你的教诲。
我原来求生，现在只求一死，
只求在死亡中找到新生。让死神来吧！

伊莎贝拉　（幕内）有人吗？愿这里平安有福。
典狱长　是谁？请进。这种祝福值得欢迎。
公爵　（对克劳迪奥）先生，不久我会再来看你。

克劳迪奥	神父，谢谢你！

伊莎贝拉上

伊莎贝拉	我要和克劳迪奥说两句话。
典狱长	非常欢迎。先生，你看，你姐姐来啦。
公爵	典狱长，我和你说句话。（公爵和典狱长一旁交谈）
典狱长	说多少句都行。
公爵	带我去隐身处，我好偷听他们的谈话。

（典狱长和公爵退避隐身）

克劳迪奥	姐姐，有什么好消息？（典狱长可下）
伊莎贝拉	哎呀，
	天大的好消息，好得很，好得很。
	安吉鲁大人，要和上天洽谈，
	打算马上派你当接洽的使节，
	从此，你将在天庭常驻不归，
	所以，请你赶紧准备，
	明天你就要启程。
克劳迪奥	难道就没有挽回的余地？
伊莎贝拉	没有办法，除非为了挽救你的头，
	要将另一颗心劈开两半。
克劳迪奥	到底还有没有办法？
伊莎贝拉	弟弟，你也可以活下去。
	法官他有一种魔鬼般的慈悲，
	如果你去恳求，就能活命，
	但却要永远戴上耻辱的枷锁。
克劳迪奥	终身监禁？
伊莎贝拉	对，终身的耻辱和监禁，
	纵然你拥有广阔的世界，

也只能存身于一定范围。

克劳迪奥 但是性质怎样呢?

伊莎贝拉 性质是这样的,一旦你同意,
便会从你身上把荣誉剥光,
让你赤身裸体,没有羞耻。

克劳迪奥 请告诉我真相。

伊莎贝拉 啊,克劳迪奥,我实在为你担心,
生怕你贪恋狂热的生活,为了多活
六七个春秋,而将永恒的荣誉
抛在脑后。你有勇气死吗?
死亡的恐惧主要来自心理
造成的痛苦。被我们践踏的
可怜甲虫,其肉体的痛苦与
巨人死时一样严重。

克劳迪奥 你为什么这样羞辱我?
难道你以为我只有听柔言细语,
才能找到勇气?如果我必须死,
我将走向黑暗,如同迎接新娘,
将它拥在怀中。

伊莎贝拉 这才像我弟弟的话,父亲在墓中
也要赞叹。是的,你必须死。
你这样高贵,怎么会苟且偷生?
这位外表神圣的摄政面目森严,
言辞慎重,戕害年轻人的性命,
消灭各种罪行,如鹰隼捕食。
可是他自己却是一个魔鬼,
他肮脏的内心如被揭开,

就像地狱一般深不可测。

克劳迪奥　是那位摄政安吉鲁?

伊莎贝拉　啊,那恶魔将地狱的行头

拿来披在身上,乔装打扮,

再罩上摄政的门脸! 克劳迪奥,

你可相信,如果我向他献出贞操,

你就可以获得自由?

克劳迪奥　天啊,岂有此理!

伊莎贝拉　如果我容许他犯这丑恶的罪过,

他对你的罪过就可以置之不理。

今晚我要去干难以启齿的丑事,

否则,明天你就要死。

克劳迪奥　你不可这么做。

伊莎贝拉　啊,如果他要的只是我的性命,

为了解救你,我会将它

像一根针头一样抛弃。

克劳迪奥　谢谢你,亲爱的伊莎贝拉。

伊莎贝拉　克劳迪奥,你要为明天的死做好准备。

克劳迪奥　是的。难道他也有情欲,

为此不惜公然执法犯法?

这当然也不算什么罪恶,

只是七宗罪中最轻的一个。[1]

伊莎贝拉　什么是最轻的?

克劳迪奥　如果那是该受诅咒的重罪,

---

[1] 只是七宗罪中最轻的一个(Or of the deadly seven, it is the least):七宗罪指骄(pride)、妒(envy)、怒(wrath)、懒(sloth)、贪(greed)、馋(gluttony)、淫(lust)。——译者附注

以他的聪明，岂会为了一时的快活，
甘受永久的折磨？哦，伊莎贝拉！

伊莎贝拉　弟弟你在说什么？

克劳迪奥　死是可怕的。

伊莎贝拉　耻辱地活着更可恨。

克劳迪奥　是的，可是死后我们不知去往哪里，
变成冰冷的僵尸，腐烂发臭，
这温暖鲜活的身体将化为
一堆烂泥；这追求享乐的灵魂
将坠入万劫不复的火海；
或者住在冰天雪地的极寒地带，
被无形的狂风卷起，悬在空中，
四面八方都承受无尽的打击；
或者在混乱不堪、杂乱无章的
想象里，我们听到地狱里的
呼号呻吟——那太恐怖了！
最令人厌恶的尘世生活，就算
衰老、病痛、贫穷和牢狱的折磨，
比起我们对死亡的恐惧，
也算是天堂一般的享受。

伊莎贝拉　天哪，天哪！

克劳迪奥　亲爱的姐姐，让我活下去。
为了挽救弟弟的性命犯下的罪，
上天也会将之赦免，
让罪恶变成美德。

伊莎贝拉　啊，你这个畜生！
你这失信的懦夫，无耻的贱人！

难道你要靠我的罪孽苟且偷生？
你要用你姐姐的耻辱换取生命，
这难道不是败坏人伦？我该怎么想？
愿上天护佑母亲对父亲坚贞，
可别要让你这种淫荡的孽种
从他的血液中滋生。我与你决裂！
去死吧！去毁灭！即使我弯弯腰
就可以挽回你的厄运，我也要看你
大祸临头。我将祈祷上千次要你死，
绝不说一句话救你活命。

克劳迪奥   不，听我说，伊莎贝拉。

伊莎贝拉   啊，呸，呸，呸！
你的罪恶绝非偶然，而是习惯。
对你慈悲如同给妓女做媒，
你还是早死早好！

克劳迪奥   啊，听我说，伊莎贝拉！（公爵上前）

公爵   年轻的修女，请允许我和你说句话。

伊莎贝拉   您有什么话要说？

公爵   如果你有空闲，我要马上和你谈一谈；这会让我满足心愿，对你也有好处。

伊莎贝拉   我没有多余的空闲，我在此处逗留就要耽误别的事情，不过我还是奉陪片刻。（走到一旁）

公爵   孩子，我无意中听到了你和你姐姐之间的对话。安吉鲁从来没有玷污她的意思；他只是在试探她的德行，以检验他对人性的判断是否正确。你姐姐是一位冰清玉洁的女子，断然拒绝了安吉鲁的要求，这倒让他非常高兴。我是安吉鲁的告解神父，知道这是事实。所以，你还是准备就死吧。

不要用虚幻的希望干扰你的决心。明天你必有一死，你还是跪下祷告，做好准备。

克劳迪奥 我求姐姐原谅。我已经对人生毫无留恋，只求早点了结此生。

公爵 保持这种决心。再见。 克劳迪奥下

（典狱长上或上前）典狱长，我和你说句话。

典狱长 有何见教，神父？

公爵 请你前来是为了让你离开。让我和这位姑娘谈一谈，我以神父的身份保证，绝不会伤害她。

典狱长 我这就离开。 下。伊莎贝拉上前

公爵 造物主的手赋予你美貌，同时也给了你善心。有美貌而没有善心，那美貌也不会长久；不过，由于上天的恩赐，你温柔贤淑，所以你的美貌将长存。安吉鲁对你的无礼言辞，我偶然间已经听到。要不是他的这种堕落已有先例，我对安吉鲁会感到极为诧异。你将怎样满足这位摄政的邪恶要求，救你弟弟一条性命？

伊莎贝拉 我现在就去回答他。我宁愿我弟弟被依法处死，也不愿意我非法生出个儿子。可是，唉，善良的公爵完全被安吉鲁蒙骗！如果有一天公爵回来，我能见他一面，就算白费口舌我也要说，以揭发他的行径。

公爵 这么做并不算错。可是，以现在的情形而论，他也会否认你的指控，说他只是在试探你。所以，请认真听我的劝告，我因为喜欢帮助人家，所以想出了一个办法。我个人认为，你可以问心无愧、堂堂正正地帮助一位受委屈的可怜女人，解救你弟弟免遭严酷法律的制裁，并且不玷污你圣洁的贞操，还能让远在他乡的公爵感到满意，如果他将来有一天回来，听到这件事情。

伊莎贝拉 请您说下去。在我看来，只要不是为非作歹的事情，我都

愿意做。

公爵 有德者必定勇敢，善良的人无所恐惧。你有没有听说玛丽安娜？她是弗雷德里克的妹妹，这位伟大的军人在海上遇难了。

伊莎贝拉 我听说过这位小姐，人们提到她总赞不绝口。

公爵 她本该已经和这位安吉鲁结婚，他们已经订下婚约，婚期已经选定。就在订婚之后至正式结婚这段时间，她的哥哥弗雷德里克在海上遇难，他妹妹的嫁奁就在那艘沉没的船上。你可以想象，这对那位可怜小姐的打击是多么大：她失去了一位英勇闻名的哥哥，他对妹妹的爱一向真诚无私；她的大部分财产、她的嫁奁也和她的哥哥一道消失了；与此同时，她还失去了她的未婚夫，那位假装正经的安吉鲁。

伊莎贝拉 怎么会这样？安吉鲁为此难道就把她抛弃？

公爵 就这样把她抛弃，任由她以泪洗面，不给予任何安慰，假装发现她有不端行为，将婚约一笔勾销。简单地说，她至今还在为安吉鲁的绝情悲痛欲绝，而安吉鲁却是铁石心肠，就算被眼泪冲刷，也毫不软化。

伊莎贝拉 这个可怜的女子生不如死，早点把她从尘世带走是何等的善举！这人世是何等不公，竟然让这样的男子活着！可是我们现在如何能帮助她呢？

公爵 这是一种你能轻易医治的创伤，这样不但可以解救你弟弟，也可以保全你的贞操。

伊莎贝拉 告诉我怎么做，神父。

公爵 刚才说的这位小姐仍然不忘她的初恋。安吉鲁的无情无义，按说应该已经浇灭她的爱火，但是却好像激流中的障碍，反而使她的爱情变得更加猛烈。你去见安吉鲁，要故作顺从答应他的要求，分毫不差。只是你要提出以下有利于你的条件：首先，你和他幽会的时间不可太长，幽会要在黑暗中静悄悄进行，地点于你要出入方便。这个要求只要他答应，下面就有好戏：我们劝这位受委屈的小姐代替你赴约，去你指定的地点。这次幽会日后一旦被挑明，就可以迫使安吉鲁对她补偿。这样一来，你的弟弟得救，你的贞操还是完好无损，可怜的玛丽安娜得偿所愿，卑劣的摄政也要经历一次考验。我去指导这位小姐，让她接受安吉鲁的挑逗。如果你认为这个计划可行，就大胆去做，虽然其中有诈，但是加倍的好处可以让你问心无愧。你以为如何？

伊莎贝拉　仅仅这么想想已经让我感到满意，我相信做起来结局一定更加圆满。

公爵　这事多靠你支持。请赶紧去见安吉鲁，如果今晚他要求你与他交欢，你就一口答应他。我立刻到圣卢克教堂去，在那附近的一个农庄里，住着那位倒霉的玛丽安娜。你要尽快和安吉鲁约好，然后到那里去找我。

伊莎贝拉　多谢您的指点。再见，神父。　　　　　　　　　　下

艾尔保与差役及小丑庞培上

艾尔保　唉，如果你找不到解决的办法，必须把男人和女人像牲口一样任意买卖，那么全世界到处都是棕色的和白色的私生子。[1]

公爵　天啊，又在说什么废话！

庞培　自从世界上两种剥削行业[2]之中，最快活的那种被取缔之

1　那么全世界到处都是棕色的和白色的私生子（we shall have all the world drink brown and white bastard）：bastard 既指一种西班牙甜酒，又有"私生子"的含义，此处是双关用法：全世界的人都喝甜酒，则私生子到处都有。

2　两种剥削行业（two usuries）：指放贷与色情业。

后，这个世界就再也快活不了；可是那差劲的行业却受到法律保护，还给它穿上保暖的皮大衣，是羊羔皮镶上狐狸皮的边。[1] 这款式说明狡猾的狐狸值钱，老实的绵羊吃亏。

艾尔保　　走吧，朋友。你好，神父。

公爵　　你好，老兄。请问，这个人怎么得罪你了？

艾尔保　　哎呀，神父，他是得罪了法律。神父，我们认为他还是个贼，因为我们在他身上发现了一个奇怪的撬锁工具[2]，神父，我们把它送到摄政大人那里去了。

公爵　　呸，万恶的混账，拉皮条的东西！

专靠干这种下流勾当来生财，

你有没有想过，你吃饱肚皮，

穿暖身体的，都来自于这种

肮脏的罪恶？你该对自己说：

"靠她们不顾廉耻，卖笑卖肉，

我才有吃有喝，有穿有住。"

你这样臭烘烘地维持生计，

还能算人吗？悔过自新吧。

庞培　　确实，是有点臭气。不过，神父，我有理由——

公爵　　算了，如果魔鬼给你犯罪的理由，

你就会犯罪。差役，带他去监狱。

惩罚和教导必须双管齐下，

这个粗野的畜生才能学好。

艾尔保　　一定要带他去见摄政，神父，摄政最恨开窑子的龟孙，已经警告过他。如果他是吃窑子的，到摄政面前，就会有他

1　放高利贷者常穿皮草大衣，是不义之财的象征。——译者附注

2　撬锁工具（picklock）：此处借指撬开女性贞操带（chastity belt）的工具。

好受的。

公爵　但愿我们都能表里如一，堂堂正正，

可是有些人并不像他这样言行坦诚。

路西奥上

艾尔保　他的脖子快和你的腰一样——也得勒上一根皮带，神父。

庞培　我看到救星，我要求保释。这位绅士是我的朋友。

路西奥　怎么啦，高贵的庞培？怎么，你是跟在凯撒的车后，被拉出来示众吗？[1] 怎么，你手头没有皮格马利翁的雕像[2]，变成美女模样，来敲客人竹杠？喂，说话呀！你对这种调子、问题和办法还有什么话好说？是不是还想着重操旧业？你现在怎么说呀，拉皮条的？这个世界还跟原来一样吗？前途如何？是不是垂头丧气，一言不发？还是怎样？就这德行吗？

公爵　还是这样，越来越糟！

路西奥　我的宝贝女老板怎么样？还在拉生意，嗯？

庞培　说实话，老爷，她已经没有窑姐儿了，只有亲自上阵。

路西奥　对啦，这样好，理该如此。你们的窑姐儿长得俏，你们拉皮条的还擦着粉，到头来走到这地步，理该如此。你这是要蹲监狱吗，庞培？

庞培　是的，老爷。

路西奥　哈，这样不坏，庞培。再见吧，就说是我送你去的。因为欠债，还是什么原因，庞培？

艾尔保　因为拉皮条，因为拉皮条。

1　在古罗马，为庆祝打仗胜利，将俘虏拉在战车后游街示众。

2　皮格马利翁（Pygmalion）：塞浦路斯王、雕塑家，爱上自己根据心中理想女性形象雕塑的象牙塑像。

路西奥	那好，把他关起来。要说拉皮条的就该蹲监狱，他是罪有应得。没错，他就是拉皮条的，一生下来就拉皮条，由来已久啦。再见吧，我的好庞培。替我向监狱问好，庞培。从此以后，你可以当个好管家，蹲在那里别出来了。
庞培	老爷，求您给我作个保。
路西奥	不，我可不干，庞培，现在已经不兴作保了。庞培，我可以为你祈祷，让监狱把你关好。如果你不耐烦，再增加一副镣铐。再见，好庞培。——上天保佑你，神父。
公爵	也保佑你。
路西奥	布里吉特姐儿还爱打扮吗，庞培？
艾尔保	走吧，老兄，走呀。
庞培	（对路西奥）你不肯保我吗，老爷？
路西奥	反正不行，庞培。外面有什么消息，神父？
艾尔保	走吧，老兄，走呀。
路西奥	去狗窝吧，庞培，去。 艾尔保、庞培与众差役下
	关于公爵有什么消息，神父？
公爵	我一点也不知道，你能告诉我一些吗？
路西奥	有人说，他和俄国皇帝在一起；也有人说，他在罗马。你说他究竟在哪儿？
公爵	我不知道，不过无论他在哪儿，愿他事事如意。
路西奥	公爵他实在荒唐，偷偷摸摸离开城邦，像叫花子一样一路流浪。在他离开期间，安吉鲁大人代理政事，干得来劲，让犯人无路可走。
公爵	他干得好。
路西奥	如果他对男女风流之事睁一眼闭一眼，对他也没有坏处。他在这方面管得太紧，神父。
公爵	淫乱之行太过泛滥，必须严厉纠正。

路西奥	是的，说实话，犯这种罪的大有人在，到处都是；但是要把这种事情完全杜绝，根本办不到，神父，除非你把吃喝也一起禁止。人家说，这位安吉鲁不是普通男女正常所生。你说，这话是真的吗？
公爵	那他是怎么生的？
路西奥	有人说，他是鲛人卵生的。还有人说，他是两条干鲞鱼[1]生的。不过，可以肯定，他撒尿的时候，尿出来的都是冰，这点确凿无疑；还有，他是一个无能的傀儡，这一点没有错。
公爵	你真会说笑话，先生，说得太离谱了。
路西奥	唉，他实在太残忍，因为人家裤裆中的家伙不守本分，就要夺走人家的性命。公爵如果在家会怎么做？他不但不会因为一个人生了一百个私生子就绞死他，反而会花钱抚养一千个呢。公爵他也知道逢场作戏，也懂得花街柳巷是怎么回事，所以他会心慈手软的。
公爵	我从来没有听说公爵在男女方面有什么不检点，他没有那种爱好。
路西奥	神父啊，那你可是大错特错了。
公爵	不可能。
路西奥	谁，公爵没有那种爱好？就算遇到五十岁的讨饭婆子，他也会往她的讨饭盆子里扔一块钱。公爵的嗜好与众不同。他还好喝酒，这我得告诉你。
公爵	你肯定冤枉他了。
路西奥	神父，我对公爵熟悉得很。他这个人不露声色，我知道他出行的原因。

---

1 干鲞（xiǎng）鱼（stock-fishes）：指性无能。

公爵	请问，是什么原因？
路西奥	对不起，这个秘密不能说出口，必须放在我的心里。不过，我可以给你透点风，本国普通老百姓大部分都认为公爵还是贤明的。
公爵	贤明？嗯，那当然。
路西奥	其实他是一个浅薄无知、稀里糊涂的家伙。
公爵	你这么说，是由于嫉妒、愚蠢或者误会。他一生立身处世，掌管政事，足以证明他不是你所说的那种人。让他以自己的成就来作证，就算嫉妒他的人也承认他是学者、政治家、军人。所以，你这样说没有根据，就算你知道的再多，也挡不住你心中的恶意。
路西奥	神父，我了解他，和他交情不错。
公爵	了解得深才算有交情，真交情才会心心相映。
路西奥	得啦，神父，我没有瞎说。
公爵	我不敢相信，因为你说的话证明你对他不了解。不过，倘若公爵有朝一日回来，这是大家都盼望的，我希望你可以当着他的面回答我。如果你刚才说的都是实话，你应该有勇气承认。我一定回来找你，请问你的大名？
路西奥	神父，我叫路西奥，公爵对我很熟悉。
公爵	先生，有机会我把你介绍一番，他对你就更熟悉了。
路西奥	恐怕你做不到。
公爵	哦，你是指望公爵不要回来，不然就是认为我无足轻重。不过，我确实也拿你没有办法。到时候，你会把你说的这些话全都赖掉。
路西奥	我要是不认账，就不得好死。你太小看我了，神父。咱们不要再说这些了；你可知道克劳迪奥明天会不会处死？
公爵	为什么要处死他，先生？

路西奥	为什么？因为他把漏斗塞进了瓶子口。[1] 我真希望公爵早点回来。这位绝了种的摄政搞这套禁令，会让整个城邦绝了种。连麻雀都不能在他的屋檐下筑巢，因为麻雀们公然乱搞。对这些见不得光的事情，公爵会暗中处理，从来没有公开追究。他要是回来了该多好！唉，这位克劳迪奥因为裤带松就要被处死。再见，神父，请你为我祷告。我再对你说一句，公爵每个星期五都要吃羊肉[2]。他是人老心不老，我对你说，他会和一个女乞丐亲嘴，即使她满嘴的黑面包和大蒜味。你就说，是我告诉你的。再见。　　　　　下
公爵	人世间的任何权力与威望
	也逃不过恶语中伤。管你如何贤良，
	背后总有人冷言冷语投暗枪，
	纵然是国王，又如何堵住诽谤？
	谁来了？

爱斯卡勒斯、典狱长与众差役及老鸨欧弗东太太上

爱斯卡勒斯	去，带她去牢房。
欧弗东太太	大人，饶饶我吧。你是出了名的慈悲心肠，我的好大人。
爱斯卡勒斯	我们已经再三警告过你，你还是屡教不改。再慈悲的人也会破口大骂，变成暴君。
典狱长	禀告大人，她开了十一年的窑子，从没停过。
欧弗东太太	大人，这是路西奥那家伙对我的诬告。还在公爵主政期间，他就把凯特·吉普东小姐弄大了肚子，答应要娶她。到今年五月一日[3]，那孩子就该有一岁零三个月了。那孩子一直

1　因为他把漏斗塞进了瓶子口（For filling a bottle with a tundish）：此处戏指性行为。

2　羊肉（mutton）：神职人员星期五禁肉食，此处"羊肉"语带双关，暗指娼妓。

3　原文 Philip and Jacob 指圣腓力（Saint Philip）与圣雅各（Saint Jacob）的纪念日，即五月一日。

	我养着，他反而到处说我坏话！
爱斯卡勒斯	那可是一个浪荡子，把他抓来见我。带这个女人去牢房。去吧，别再废话。 <div style="text-align:right">差役及欧弗东太太下</div> 典狱长，我的同僚安吉鲁不肯改变判决，克劳迪奥明天定要处死。请给他找来神父，做好一切善后准备。我的那位同僚要是有我这样的怜悯之心，克劳迪奥也不会落得如此下场。
典狱长	启禀大人，这位神父已经看过他，并且开导他如何看淡生死。
爱斯卡勒斯	晚安，神父。
公爵	上天保佑你！
爱斯卡勒斯	你从何处来？
公爵	我不是本国人，偶然来此居留， 我是一个教会的虔诚信徒， 不久前从圣地罗马归来， 领受了教皇交办的特殊任务。
爱斯卡勒斯	国外有什么消息？
公爵	没有，不过人们都患上一种急于做好事的热病，非得把好事变坏，这种病才能治好。只有新奇的东西到处都需要；做任何事情，上了年纪都处境不妙，可是做事情还是要持之有恒。凡事都较真，人际关系就不会有诚信，可是如果总是拿诚信来担保，人们的交情就变得淡薄。人世间的智慧大抵离不开这个谜。这绝不是什么新消息，但是每天都在上头条。先生，请问你，这位公爵脾气如何？
爱斯卡勒斯	他不参与任何纷争，只想着反躬自省。
公爵	他有什么嗜好？
爱斯卡勒斯	他这个人宁愿看到别人快乐，而不是要别人刻意讨他开心。

他是一位淡泊克制的谦谦君子。可是，我们不要议论他了，无论他干什么事情，祝愿他一切平安如意。我想知道，你是如何让克劳迪奥做好准备的。我听说，你已经看望过他了。

公爵 他表示在审判中没有受到不公正的待遇，心甘情愿地接受这个判决；可是由于人性的软弱，他找了许多虚妄的借口，希望能免除一死，我花了不少时间为他破除了这些妄想，现在他已经决心受死了。

爱斯卡勒斯 你已经尽了对上天的义务，也对犯人尽了神圣的职责。为了这个可怜人，我已经在我的能力范围内尽了最大努力，可是我的同僚却严厉至极，我不得不说，他不愧是法律的化身。

公爵 如果他本人的生活也像他执法这么严格，那当然十分得体；如果他偶尔失足犯贱，那他就等于给自己下了判决。

爱斯卡勒斯 我去看看那位犯人，再见。

公爵 祝你平安！　　　　　　　　　　　　　爱斯卡勒斯与典狱长下
上天权柄掌中持，
高洁严明情无私。
立身行事做模范，
彬彬君子德为先。
以己度人量刑罚，
不偏不倚信无差。
不审己过责人非，
辣手摧折生怨怼。
张狂再三安吉鲁，
除恶为名是非多！
看似天使装模样。

邪心恶念腹中藏。
乔装只为掩罪名，
几番欺骗世人心。
弄巧成拙失算计，
蛛丝岂可立天极！
运筹帷幄不等闲，
将计就计在今晚。
良缘翻作厌弃恨，
欺妄更有欺妄行；
虚心假意强作真，
并蒂连理此二人。

下

第四幕

第一场 / 第九景

维也纳城外

玛丽安娜与一唱歌童儿上

童儿　　　你的双唇令人厌，
　　　　　　　甜言蜜语难欺妄，
　　　　　　明眸皎皎破夜天，
　　　　　　　昏冥过后无骄阳。
　　　　　　还我柔情蜜意吻，
　　　　　　空负山盟海誓心。

乔装改扮如前的公爵上

玛丽安娜　　停住你的歌唱，赶快走开。
　　　　　　这儿来了一位贴心人，他的劝告
　　　　　　总可以止息我沸腾的愤懑。　　　　　　　童儿下
　　　　　　请您原谅，神父，希望您不要
　　　　　　以为我是在这里欣赏音乐，
　　　　　　我这么说，请您相信我，
　　　　　　音乐扫我兴，徒增我忧伤。

公爵　　　这是好事，音乐常有如此魔力，
　　　　　　会使坏人变好，也会让好人作恶。
　　　　　　请你告诉我，今天可有人到这里来找我？我曾与人约好就
　　　　　　在此时此地见面。

玛丽安娜　　没有人来找您，我已经在此坐了一整天。

伊莎贝拉上

公爵　　　我完全相信你的话。现在时间已经到了，我请你暂时回避
　　　　　　片刻。我过一会儿可能要找你谈一谈，为的是一件对你有
　　　　　　利的事情。

玛丽安娜　我永远感谢您！　　　　　　　　　　　　　　　　　下

公爵　　　非常欢迎，你来得正好。
　　　　　　你从摄政那里带来了什么消息？

伊莎贝拉　他有一座围着砖墙的花园，
　　　　　　西边墙外是一座葡萄园，
　　　　　　葡萄园有一扇木板门，
　　　　　　可用这把大点的钥匙开，（拿出钥匙）
　　　　　　葡萄园通往花园的小门，
　　　　　　则是用另外一把钥匙开。
　　　　　　我已答应他，经过这两层门，
　　　　　　今晚在夜深人静时与他幽会。

公爵　　　可是你认得清这条路吗？

伊莎贝拉　我已经细心记住了。
　　　　　　他心怀鬼胎假献殷勤，
　　　　　　低声细语对我将那条路
　　　　　　指点了两遍。

公爵　　　你们有没有商定别的暗号，
　　　　　　需要她加以注意？

伊莎贝拉　没有啦，只说要在黑暗中幽会，
　　　　　　并且我还告诉他，我只能
　　　　　　停留片刻，因为我已经告知他
　　　　　　我要带一位仆人一同前往，
　　　　　　听我差遣，这个仆人以为

我去是为了我弟弟的事情。

公爵 安排得很好。

我还没有向玛丽安娜透露

只言片语。——喂，里面的人，出来吧！

玛丽安娜上

我请你和这位小姐认识认识，

她是来帮助你的。

伊莎贝拉 我很高兴帮助你。

公爵 我对你诚心诚意，你可知道？

玛丽安娜 好神父，我知道您是一片真诚。

公爵 好啦，和你这位朋友拉拉手，

她有一个计划要对你讲，

我在此等你们，不过要抓紧，

在这夜露凝结的时分。

玛丽安娜 请借一步说话。　　　　　　　玛丽安娜及伊莎贝拉下

公爵 啊，地位和权威！

无数贪婪的眼睛紧盯着你，

无数矛盾而虚假的流言传播

你的行为，无数妙言隽语

把你当作黄粱一梦的来源，

在痴想中将你随意扭弯。

玛丽安娜与伊莎贝拉上

欢迎，商量好啦？

伊莎贝拉 她愿意做这件事情，神父，

如果您也赞成。

公爵 我不仅赞成，

而且恳请她这样做。

伊莎贝拉	你和他分手的时候， 不必多说话，只要低声细语： "别忘了我的弟弟。"
玛丽安娜	请你放心。
公爵	好孩子，你也要完全放心。 按照婚约他已经是你的丈夫， 这样撮合你们俩不算罪过， 因为法律认同你的名分， 设骗局也情有可原。我们走， 种子还未播撒，暂时莫想丰收。

众人下

第二场 / 第十景

维也纳

典狱长与小丑庞培上

典狱长	过来，伙计。你能砍男人的头吗？
庞培	如果他是单身汉，老爷，我就能。可是，如果他结过婚，他就是他老婆的头，女人的头我可砍不了。[1]
典狱长	得啦，伙计，不要对我喋喋不休，给我说句痛快话。明天早晨，克劳迪奥和巴那丁就要被处死。我们狱里有一位行

1　可是，如果他结过婚……女人的头我可砍不了（But if he be a married man, he's his wife's head, and I can never cut off a woman's head.）：his wife's head 指丈夫为妻子的主人；woman's head 戏指女人的阴部。——译者附注

刑手，可是他行刑时需要一个帮手。如果你自告奋勇，愿意帮他忙，就会减免你的刑期；如果你不愿意，那你将服满刑期才能释放，释放时还要挨一顿无情鞭打，因为你这个拉皮条的，简直臭名昭著。

庞培　　先生，我以前不守法，干拉皮条的营生，多长时间我也记不清。能当个合法的行刑手，我当然愿意。我乐于听从那位同伴给我的指导。

典狱长　　喂，阿勃孙！阿勃孙在哪里？

阿勃孙上

阿勃孙　　您叫我吗，老爷？

典狱长　　伙计，这里有一个人愿意明天在你行刑时帮忙。如果你觉得他还行，就跟他订一年的合同，让他在这儿和你住在一起。如果他不行，就用他这一次，再打发他走。他没有资格推托不干，他是个拉皮条的。

阿勃孙　　拉皮条的，呸！他会给我们这一行丢脸。

典狱长　　算了，你们俩半斤八两，你不比他强多少。　　　　　下

庞培　　师傅，请您赏脸——当然，您确实有脸，只是您看起来满脸凶相——师傅，您刚才说您这一行也算一门手艺？

阿勃孙　　没错儿，伙计，是手艺。

庞培　　师傅，我听说画画是一门手艺。那些窑姐儿们和我是同行，成天拿粉彩胭脂往脸上画，这就证明我这一行也是一门手艺。可是，把人吊死该算什么手艺呢？您就是把我吊死，我也想不明白。

阿勃孙　　伙计，的确是门手艺。

庞培　　有何证明？

阿勃孙　　良民的衣服，强盗穿上总合身——

庞培　　如果强盗穿上嫌太小，良民认为还大不少。哪怕穿着大一

点，强盗却认为偷来的衣服显得小。所以说，良民的衣服，
强盗穿上总合身。[1]

典狱长上

典狱长　你们商量好了吗?

庞培　老爷，我决定给他当下手，因为我发现当行刑手比拉皮条的更客气。他下手前总要说请您原谅。[2]

典狱长　伙计，明早四点准备好斧子和断头台。

阿勃孙　来吧，拉皮条的，我来教你这门手艺。跟我走。

庞培　我一定好好学，师傅。我希望将来有一天，我有机会为您服务，您会发现我出手干净利落。说实话，师傅，您待我这样好，我也要好好报答您。　　　　　　庞培与阿勃孙下

典狱长　把巴那丁和克劳迪奥带来。

其中一个我挺同情，另一个死不足惜，

杀人就该偿命，哪怕是亲生兄弟。

克劳迪奥上

克劳迪奥，你看，这是你的死刑令，(出示死刑令)

现在是午夜时分，明早八点

你就将永生。巴那丁在哪里?

克劳迪奥　他还在酣睡，坠在梦乡，

就像舟车劳顿的旅人，

怎么也叫不醒。

1　庞培的这段台词在有些版本中是阿勃孙的台词。强盗(thief)既可理解为被处死的强盗，也可理解为执行绞刑的行刑手(hangman)。良民的衣服被强盗抢走，强盗被处死后，其衣物照例归行刑手所有。无论强盗觉得良民的衣服大小是否合身，到最后都被行刑手得到，合身的就留下，不合身的就卖掉。——译者附注

2　他下手前总要说请您原谅(he doth oftener ask forgiveness)：行刑手行刑前照例要请求犯人原谅。

典狱长	谁能帮帮他？
	好吧，你去做准备。（幕内敲门声）听，什么声音？
	愿上天安慰你的灵魂！——这就来。　　　　克劳迪奥下
	但愿给克劳迪奥
	带来赦免令或者缓刑。

乔装改扮如前的公爵上

	欢迎您，神父。
公爵	愿夜间的神灵保佑你，好典狱长。
	可有谁刚刚来过？
典狱长	没有，晚钟打过以后就没有人来。
公爵	伊莎贝拉也没来？
典狱长	没有。
公爵	那么，过不了多久就会有人来。
典狱长	有没有克劳迪奥的好消息？
公爵	还有希望。
典狱长	摄政太严酷了。
公爵	并非如此。他的为人处世
	和他的严刑峻法相得益彰。
	他高洁克制，清净自守，
	凡强加于人的戒律，他自己
	也能遵循。如果纠正他人，
	自己却有沾染，那就是暴虐。
	不过，就事论事，他还算公正。
	他们来了。这位典狱长真不错，　　　　典狱长下
	铁面无情者难得待人友善。（幕内敲门声）
	喂，什么声音？门敲得这么响，
	一定是心里十分慌张。

典狱长上

典狱长　　来人必须等差役起来
　　　　　　给他开门。我已经吩咐过了。
公爵　　　你还没有收到克劳迪奥的赦免令,
　　　　　　那么他明天就必须处死?
典狱长　　没有,神父,没有。
公爵　　　快要天亮,典狱长,
　　　　　　在破晓前你会接到新的消息。
典狱长　　也许
　　　　　　你已经有所耳闻,但是我不相信
　　　　　　会来赦免令,此事没有先例可循。
　　　　　　另外,安吉鲁大人在开庭时,
　　　　　　当众宣布他绝不会
　　　　　　徇私枉法网开一面。

一信差上

　　　　　　这是摄政大人派来的人。
公爵　　　(旁白?)克劳迪奥的赦免令来了。
信差　　　大人派我送达这份公文,还要我传达命令,此公文要你完
　　　　　　全遵照执行,在时间、内容等等方面,一切照办,不得有
　　　　　　误。祝你早安,因为你看现在天快亮了。
典狱长　　我一定遵命。　　　　　　　　　　　　　　　　信差下
公爵　　　(旁白)这是用罪恶换来的赦免,
　　　　　　赦免者本人也牵连其间。
　　　　　　身居高位者竟执法犯法,
　　　　　　罪恶将闻风而动遍布天下。
　　　　　　坏人发慈悲只是作秀,
　　　　　　法官贪淫乐与罪为友。——

先生，有何消息？

典狱长 果然不出我所料。安吉鲁大人怕我玩忽职守，用这种不寻常的方式来提醒我。我觉得真是奇怪，因为他从来没有这样做过。

公爵 请你念给我听。

典狱长 （读信）"无论你听到任何不同说法，务于四点将克劳迪奥处决；今天下午处决巴那丁。为了让我格外满意，请在五点将克劳迪奥的首级给我送来。必须照此办理，不得有误。事关重大，详情尚待公布。望你克尽职守，切勿懈怠，否则唯你是问。"神父，您说这是怎么回事？

公爵 今天下午要处决的巴那丁是什么人？

典狱长 他生在波希米亚，但是在此地长大，已经在狱中关了九年了。

公爵 怎么回事？公爵在外出前为什么没有释放或者处决他？我听说公爵一向办事果断。

典狱长 他的朋友们还在设法为他争取缓刑。说实话，在安吉鲁大人当政之前，他的案情还没有确凿证据。

公爵 现在证据确凿了吗？

典狱长 一清二楚，他本人也供认不讳。

公爵 他在狱中有没有悔罪表现？是不是真的有所触动？

典狱长 他这个人认为死亡不过是酒醉后的一场酣睡；对于过去、现在和未来，他毫不在乎，无忧无虑，一点也不担心；他罪孽深重，对生死麻木不仁。

公爵 他需要开导。

典狱长 他根本听不进去。在监狱里，他可以去任何地方；放手让他逃跑，他还不肯。他一天要喝醉几场，也可以一连喝醉好几天。我们经常把他弄醒，假装带他去刑场，拿出一张假处决书让他看看，但他一点也不为所动。

公爵	等会儿再说他。典狱长，从你的脸上，看得出你是一个诚实可靠的人。要是我看得不准，那我多年的阅历就欺骗了我；但是我自信不会看错人，所以斗胆说说心里话。你已经接到命令要将克劳迪奥处死，他犯的罪并不比判他死刑的安吉鲁更严重。为了让你见个分晓，我请求你给我四天工夫，并且现在就同意冒险帮我这个忙。
典狱长	神父，请问帮什么忙？
公爵	暂缓执行死刑。
典狱长	哎呀！我怎能这么做？行刑的时间已经确定，命令说得清清楚楚，要把他的首级送到安吉鲁面前，违者严惩。要是稍有违抗，我就和克劳迪奥一样要掉脑袋。
公爵	我以教会的名义发誓，如果你听从我的指导，我保证你没事。请在今天早上将巴那丁处死，把他的脑袋送到安吉鲁面前。
典狱长	安吉鲁见过他们俩，会认出来的。
公爵	嗐，人一死面相就会变，你还可以加一点化装。剃光他的脑袋，系上他的胡须，就说是犯人在死前忏悔时要求这么做的，你知道这是通常做法。如果你因为这么做遭遇不测，而不是感谢和好运，我凭我信奉的圣人发誓，我一定豁出性命为你辩解。
典狱长	对不起，神父，这有违我的誓言。
公爵	你当初是对谁宣誓的，公爵还是摄政？
典狱长	是对公爵，还有代理他职位的人。
公爵	如果公爵肯定你这么做是合法的，你是不是就觉得问心无愧了？
典狱长	但是，这怎么可能？
公爵	不是可能，而是一定。不过，既然我看你还是担心，我的

道袍、人格和劝说都不能让你轻易打消顾虑，我将更进一步彻底消除你心中的恐惧。你看看，先生，这是公爵的亲笔署名和印信。（出示信）我相信，你应该认识他的笔迹，这个图章你也不陌生。

典狱长 我都认得。

公爵 这封信说的是公爵即将归来；你等会儿可以慢慢去读，你会读到他将在两天之内回到这里。这件事安吉鲁并不知情，因为他今天要收到好几封内容离奇的信，有的说公爵死了，有的说公爵出家进了修道院，可是都没有提到这封信所说的内容。看，晨星已经在召唤牧羊人。你也不用吃惊，这些事情总有一天会水落石出；任何困难一旦大白于天下就变得容易。把行刑手叫来，砍掉巴那丁的脑袋。我马上帮他忏悔，劝他去更好的归宿——天堂。不过你还是面露大惑不解的神情，别担心，你终将完全理解这一切。走吧，天差不多已经大亮。

同下

第三场 / 景同前

小丑庞培上

庞培 我在这里混得很熟，就像从前在我们的生意场一样。人们很可能把这儿当作了欧弗东太太开的窑子，因为她的许多老主顾都在这里边。头一个是鲁莽少爷，他进监狱是因为一批草纸和生姜的进货，欠了人家一百九十七镑，而他只卖了三镑多。唉，因为爱吃姜的老婆子们都已经死光，所以他的生姜少人问津。这儿还有一位蹦蹦跳跳大爷，是让绸缎商店的三层毛老板告发的，他前后共欠下四套桃红色缎子面料，这会儿他被指控装穷欺诈。还有傻瓜蛋少爷，拈花惹草的轻诺少爷，黄铜变黄金大爷，喜欢舞刀弄剑的铁公鸡大爷，见利忘义的浪荡公子，手执利刃的向前冲大爷，穿戴花哨、到处游逛的鞋带少爷，捅死了酒壶大爷的神志不清的半罐子老爷，还有四十多位，全都是我们那儿的好主顾，现在都一筹莫展，只能"求主大发慈悲"。

阿勃孙上

阿勃孙　　小子，带巴那丁过来。

庞培　　巴那丁大爷！你必须起来受死。巴那丁大爷！

阿勃孙　　喂！巴那丁！

巴那丁　　（幕内）你这喉咙长疮的！嚷嚷什么？你是什么东西？

庞培　　是你的朋友，大爷，也就是行刑手。行行好，请你起来让我们处死。

巴那丁　　（幕内）滚开，你这混账，滚开！我要睡觉。

阿勃孙　　把他叫起来，快。

庞培　　巴那丁大爷，请你醒醒，起来接受处决，过后你再好好睡觉。

阿勃孙　　你进去，把他拉出来。

庞培　　他来了，师傅，他来了。我听见稻草在响。[1]

巴那丁上

阿勃孙　　斧头在断头台上了准备好了吗，小子？

庞培　　已经备好了，师傅。

巴那丁　　喂，阿勃孙。你有什么消息？

1　我听见稻草在响（I hear his straw rustle）：监狱的地面铺有稻草。

阿勃孙	说真的，先生，我希望你合起双手来祷告；你瞧，行刑令已经来到。
巴那丁	你这混蛋，我喝了一夜的酒，现在不合适。[1]
庞培	那再好不过，大爷，喝了一夜酒，天亮就砍头，包你整天都睡得香。

乔装改扮如前的公爵上

阿勃孙	大爷，你看，你的神父来了。你还当我们是在开玩笑？
公爵	先生，听说你就要匆忙上路，我于心不忍，特地来开导你，安慰你，为你祷告。
巴那丁	神父，我不要。我一整夜都在喝酒，我还需要更多时间准备，要不然叫他们拿棍子打烂我的脑袋。我不同意今天死，这是一定的。
公爵	可是，先生，你必须同意，所以我恳请你 往前看看你即将要踏上的旅途。
巴那丁	我发誓，今天就是不死，谁劝也不行。
公爵	可是你听听——
巴那丁	一个字也不听。如果你有什么话要对我说，到我的牢房来，今天我不打算出来。 下

典狱长上

公爵	死活都不合适。真是铁石心肠！ 去追他，把他带到断头台。 阿勃孙与庞培下
典狱长	神父，你觉得这个犯人怎么样？
公爵	他不肯死，也不该死，

---

1 你这混蛋……现在不合适（You rogue, I have been drinking all night, I am not fitted for't.）：未行忏悔而死去的人，其灵魂不得永生，巴那丁喝了一夜酒，没有做忏悔，所以不适合马上受死。——译者附注

以他这样的心情离开人世，
将永世不得超度。

典狱长 神父，我们牢里有一个
臭名昭著的海盗拉格金，
他今天早上因发高烧而死。
此人与克劳迪奥年龄相仿，
胡须和头发也是相似的颜色。
我们暂且放了这个无赖汉，
何不用拉格金的脑袋，
鱼目混珠献给摄政大人？

公爵 哦，这真是一个天赐良机！
立刻去办，安吉鲁指定的时间
就快到了。就这么办，
遵照命令把首级给摄政送去，
我来开导这个无赖安心受死。

典狱长 马上照办，神父。
可是巴那丁今天下午必须处决，
我们又该如何处置克劳迪奥？
如果他没死的消息传出去，
我可就惹祸上身啦。

公爵 这么办：
将巴那丁和克劳迪奥藏在秘密之处，
日出日落，不出两天，
监狱外一切照旧，
你也将转危为安。

典狱长 一切全靠你了。

公爵 赶紧走，把首级送给安吉鲁。 典狱长下

> 现在我要给安吉鲁写封信——
> 由典狱长把信带给他——在信里
> 告诉他，我已经离家不远，
> 并且命令他以公开的仪式
> 欢迎我入城。我希望他
> 在城外三里的圣泉迎接我；
> 在那里，我要不动声色，
> 步步紧逼，有条有理地
> 惩治这个安吉鲁。

典狱长执拉格金首级上

典狱长　脑袋在此，我自己送去。

公爵　　这样最好。赶紧回来，
　　　　　因为我还有要事与你商量，
　　　　　其他人不能知道。

典狱长　我一定快去快回。　　　　　　　　　　　下

伊莎贝拉　（幕内）喂，保佑这里平安！

公爵　　是伊莎贝拉的声音。她来了
　　　　　是想知道她弟弟的赦令是否送达。
　　　　　但是好消息我要暂且瞒着她，
　　　　　等她完全丧失希望之时，
　　　　　再出人意料地给她安慰。

伊莎贝拉上

伊莎贝拉　喂，打扰了！

公爵　　早安，美丽贤淑的姑娘。

伊莎贝拉　您好，好在这问候来自圣洁的人。
　　　　　请问摄政有没有送来我弟弟的赦令？

公爵　　伊莎贝拉，摄政已经解脱他离开尘世，

	他的头已经砍下来，呈送给安吉鲁。
伊莎贝拉	不，不该是这样。
公爵	正是如此。
	你要理智，孩子，保持克制和隐忍。
伊莎贝拉	啊，我要去找他，挖出他的双眼！
公爵	没准许你可见不到他。
伊莎贝拉	不幸的克劳迪奥，可怜的伊莎贝拉，
	可恶的人世间，罪该万死的安吉鲁！
公爵	这么说伤不着他，也帮不了你。
	你还是平心静气，把你的冤屈
	交给上天。请仔细听我说，
	你会发现每一句都是真情实话。
	公爵明天回家——把眼泪擦干——
	我的同僚，公爵的告解神父
	告诉了我这个消息。他已经
	通知了爱斯卡勒斯和安吉鲁，
	要他们准备在城门口迎接，
	到时把权力交还给他。我希望
	你的智慧按照我的指点运行，
	你定能痛快收拾这个坏人，
	获得公爵的恩宠，报仇雪恨，
	并且保全你的名誉。
伊莎贝拉	我一定听从您的指导。
公爵	（递信）那好，把这封信交给彼得神父，
	就是他告知我公爵回来的消息。
	告诉他，以此为凭，我希望他
	今晚到玛丽安娜家里来见我。

你与她的情况我要讲给他听；
他会带领你们去见公爵，
也会带你们当面尽情控诉
安吉鲁的罪恶。至于我自己，
受神圣誓言的约束，需要回避。
你拿这封信去吧，不要再流泪，
且放宽心；我绝不会误导你，
我以教会的名义保证。谁来了？

路西奥上

路西奥　　晚安，神父，典狱长在哪里？

公爵　　不在里边，先生。

路西奥　　哦，漂亮的伊莎贝拉，看你双眼通红，我真心疼。你一定
要忍耐。我只敢吃黑面包喝凉水，打死也不敢吃得太饱。
吃一顿好饭，我就可能去干坏事。可是人们说公爵明天就
要回来。说实话，伊莎贝拉，我和你弟弟很要好。那个喜
欢黑暗角落[1]的古怪公爵如果在家，他也不会死。

伊莎贝拉下

公爵　　先生，对你这一番描述，公爵不会有好感；幸亏他并不像
你说的那样。

路西奥　　神父，你对公爵不如我了解得多。你看不出来，他可是猎
艳高手。

公爵　　好啦，早晚有一天你要为这话负责。再见。（欲走）

路西奥　　等一等，我和你一起走。我给你说说公爵的艳事。

公爵　　先生，公爵的事情你已经说得太多，不知是否有假。如果
是假话，半句也嫌多。

1　黑暗角落（dark corners）：双关语，指行为的诡秘，又指女性的阴部。——译者附注

路西奥	有一次我把一个女人的肚子搞大，被传去见他。
公爵	你干过这样的事？
路西奥	那当然，干过，但是我矢口否认。要不然，他们就要逼着我娶那个烂货。
公爵	先生，你说话风趣，却言不由衷。再见吧。
路西奥	我陪你走到巷口。要是这种浑话你不喜欢听，我们就少说。神父，我可是芒刺，粘住就不放。　　　　　　　同下

第四场　／　第十一景

安吉鲁与爱斯卡勒斯上

爱斯卡勒斯	他写的每一封信都相互矛盾。
安吉鲁	措辞颠三倒四，杂乱无章。他的行为很像是发疯着魔。愿上天保佑他不致丧失理性！为什么要我们在城门口迎接他，并且在那里就要交还权力？
爱斯卡勒斯	我想不透。
安吉鲁	为什么要我们提前一小时宣布他的驾临，如果任何人希望申冤，就要当街呈递诉状？
爱斯卡勒斯	他这样做自有道理。如果能把一些冤情当场解决，一了百了，免得我们以后纠缠不清，我们交回权力以后也不用担心遭人暗算。
安吉鲁	那好，就请您宣布这个消息。明天一早，我先到您府上。请通知所有显贵幕僚都前去迎接公爵。

爱斯卡勒斯　　遵命，大人。再见。

安吉鲁　　　　晚安。　　　　　　　　　　　　　爱斯卡勒斯下

　　　　　　　　这桩事情让我心神不宁，

　　　　　　　　做任何事都昏昏沉沉。

　　　　　　　　一个姑娘遭到奸污，作奸者

　　　　　　　　竟然执法犯法，身居高位！

　　　　　　　　不过她有羞耻心，不会公开承认

　　　　　　　　丧失贞操。她会怎样将我控诉？

　　　　　　　　但理智将使她不敢轻举妄动。

　　　　　　　　因为我的权威容易让人相信，

　　　　　　　　诽谤我的人只会自取其辱。

　　　　　　　　他本可以活命，只是我怕他

　　　　　　　　年轻气盛，一旦知道自己的

　　　　　　　　生命是靠这样的耻辱换来，

　　　　　　　　定会报仇。应该让他活着！

　　　　　　　　嗐，一旦失德万事非，

　　　　　　　　顾此失彼总不对。　　　　　　　　　下

第五场　　　/　　　第十二景

维也纳城外

公爵着本来装束与修士彼得上

公爵　　　　这些信适时为我寄出去。（递信）

典狱长已经知道我的意图和计划。
此事一经发动，切记我的指示，
按照我指定的路子，不过你要
随机应变，有时候或此或彼
做一些调整。去弗拉维斯家，
告诉他我在何处，还要通知
瓦伦休斯、罗兰和克拉苏，
让他们召集喇叭手到城门口；
可是你先把弗拉维斯叫来见我。

修士彼得　我马上照办。　　　　　　　　　　　下

瓦里尤斯上

公爵　　　谢谢你，瓦里尤斯，你来得好快。
来，我们走。还有许多其他朋友
就来迎接我们，我的好瓦里尤斯。　　众人下

第六场　　／　　第十三景

维也纳

伊莎贝拉与玛丽安娜上

伊莎贝拉　我不喜欢这样绕圈子说话，
我宁可说出实情，本来要控诉他
应该是你的事情。可是他劝我说，
不能把全部计划都抖搂出来。

玛丽安娜　　　照他说的做吧。

伊莎贝拉　　　他还告诉我，如果偶然
　　　　　　　　他站在对方立场说出不利于我的话，
　　　　　　　　我也不应该感到奇怪，
　　　　　　　　因为药苦才有好疗效。

修士彼得上

玛丽安娜　　　我希望彼得修士——

伊莎贝拉　　　好了，修士来了。

修士彼得　　　来，我已经给你们找到最合适的位置，
　　　　　　　　在那里你们能直接拦住公爵，
　　　　　　　　叫他不能错过。喇叭响了两遍，
　　　　　　　　本城的达官显贵们已经
　　　　　　　　在城门恭候，公爵就要进城，
　　　　　　　　所以我们快去那里！

　　　　　　　　　　　　　　　　　　　　　　　　众人下

第五幕

第一场　　/　　第十四景

着本来装束的公爵、瓦里尤斯、众贵族、安吉鲁、爱斯卡勒斯、路西奥与众市民自几扇门分头上

公爵　　（对安吉鲁）我的贤弟，好久不见！
　　　　　（对爱斯卡勒斯）我忠心耿耿的老友，很高兴见到你。

安吉鲁和爱斯卡勒斯　　欢迎殿下荣归！

公爵　　向二位表示衷心谢意！
　　　　　我已经问询过你们的政绩，
　　　　　人们称赞你们执法贤明；
　　　　　我由衷对你们当众感谢，
　　　　　以后还有更多赏赐。

安吉鲁　　您让我更加愧不敢当。

公爵　　哦，你的功劳有口皆碑，
　　　　　岂能由我隐藏在内心？
　　　　　应该铭刻在铜牌之上，
　　　　　让每个字都坚不可摧，
　　　　　传诸后世，让人们永记。
　　　　　我们携起手来，让民众观看，
　　　　　要让他们知道外在的礼遇
　　　　　反映内在的恩宠。来，爱斯卡勒斯，
　　　　　你到这一边来携手同行，
　　　　　你们都是我的贤相良臣。

修士彼得与伊莎贝拉上

修士彼得　你的机会来了，跪在他面前，大声喊。

伊莎贝拉　（跪地）冤枉啊，殿下！

请您低头看一眼这位含冤的姑娘，

尊贵的殿下，您暂时放下

一切其他事务，先听一听

我含冤受屈的实情，请给我

公道，公道，公道，公道！

公爵　陈述你的冤情，何人何事？

要简单明了。这是安吉鲁大人，

对他说，他会给你主持公道。

伊莎贝拉　啊，尊贵的殿下，

那等于叫我向魔鬼求助，

还请您亲自听我控诉；您听后

如果认为不可信，我甘愿受罚，

否则就要为我申冤。就在这儿听我说！

安吉鲁　殿下，我担心她的头脑不清。

她的弟弟被依法处死，

她曾经向我求情——

伊莎贝拉　依法处死！

安吉鲁　她的话一定非常激烈而离奇。

伊莎贝拉　非常离奇，但都是实话。

说安吉鲁虚情假意，难道不离奇？

说安吉鲁是杀人犯，难道不离奇？

说安吉鲁是一个淫贼，

奸淫少女，心口不一，

这岂不是加倍的离奇？

公爵　　　　嗯，这可是加十倍的离奇。

伊莎贝拉　　这么说虽然离奇，却是实话，

　　　　　　　说他是安吉鲁，这总不差；

　　　　　　　不，还是加十倍的实话，

　　　　　　　因为无论如何衡量，

　　　　　　　实话还是实话。

公爵　　　　把她带走。可怜人，

　　　　　　　她说这话显得神志不清。

伊莎贝拉　　啊，殿下，我恳求您，

　　　　　　　如果您相信尘世之上还有天堂，

　　　　　　　请不要因为我有一点疯狂，

　　　　　　　就把我丢下不管，不要以为

　　　　　　　不看好的事情就一定不可能。

　　　　　　　人间最邪恶的坏蛋有可能就是

　　　　　　　拘谨严肃、正直无私的安吉鲁，

　　　　　　　尽管他有官服勋章，仪表堂堂，

　　　　　　　却是一个大流氓。相信我，殿下。

　　　　　　　即使他不这样，也不是好东西，

　　　　　　　事实上他坏得没法说尽。

公爵　　　　老实讲，

　　　　　　　就算她是疯子——我确信如此——

　　　　　　　她的疯话却有条有理，

　　　　　　　一句接一句没有错乱，

　　　　　　　这样的疯狂真是少见。

伊莎贝拉　　啊，仁慈的公爵！

　　　　　　　不要唠叨，不要因为偏袒权势，

　　　　　　　就摒弃理智；要发挥您的理智，

	让隐藏的真相得以显现，
	不要让虚伪的人弄假成真。
公爵	很多不疯的人未必有
	她这样的理智。你有什么话要说？
伊莎贝拉	我是克劳迪奥的姐姐，
	他因为犯奸淫罪而掉了脑袋，
	判他死刑的是安吉鲁大人。
	那时我正在修道院见习，
	我弟弟派人去找我，
	传信的人叫路西奥——
路西奥	启禀殿下，那人就是我。
	我受克劳迪奥委托，和她见面，
	希望她为了挽救弟弟，
	向安吉鲁大人求情。
伊莎贝拉	确实是他。
公爵	没有叫你说话。
路西奥	不错，殿下，
	可您也没有叫我不说话。
公爵	那么，我现在命令你闭嘴。
	你听好了，等轮到你说话，
	你最好求上天保佑，
	要字斟句酌说得妥当。
路西奥	请殿下不要担心。
公爵	你该担心你自己，请你注意。
伊莎贝拉	这位先生说出了部分实情——
路西奥	不错。
公爵	可能不错，但是还没轮到你，

	你开口就是错。——讲下去。
伊莎贝拉	我当时就去见 这位卑鄙奸诈的摄政——
公爵	这说的又是疯话。
伊莎贝拉	请原谅， 可是这么说符合事实。
公爵	你总有话说。继续讲，实情。
伊莎贝拉	简单地说，不管琐碎细节， 我如何劝说，如何哀求下跪， 他如何拒绝我，我如何回答他， 这些说来话长；我直接说结果， 但我悲愤羞愧简直难以启口： 他不肯放过我弟弟，除非我 向他献上我清白的肉身， 供他放纵淫乐。我踌躇许久， 为了姐弟之情，顾不得贞操， 屈从了他。可是第二天一早， 他达到目的之后，依然下令 将我那可怜的弟弟处死。
公爵	怎么会有这种事情！
伊莎贝拉	事实上就是出了这种事情！
公爵	上天作证，你这个糊涂虫， 满口胡言乱语，要不然你就是 受人指使，恶意破坏他的名誉。 首先，他为人正直无可指摘； 其次，他这样急迫地执法犯法， 没有道理。如果他真犯了淫罪，

就会以己度人对待你弟弟，

不会置他于死地。从实招来，

你受何人指使？谁教你

来这里哭诉喊冤？

伊莎贝拉　竟然是这样？

那么，天上的神明啊，

让我含冤忍辱，待时机成熟，

再揭穿这个被权势包庇的恶人！

上天保佑殿下免受灾祸！我的话

无人相信，只能含冤走开！（欲走）

公爵　我知道你想溜。差役！

把她关起来。（伊莎贝拉被拘捕）我岂能允许

有人当面对我的亲信如此

恶意诽谤？这必定是个阴谋，

你到这里来的目的有谁知情？

伊莎贝拉　洛度维克修士[1]，但愿他就在此地。

公爵　这是何方神灵？谁认识什么洛度维克？

路西奥　殿下，这人我认识，是个爱管闲事的修士，

我可不喜欢他。要不是他已出家，

殿下，就冲他在背后污蔑您的话，

我早就狠狠揍他一顿了。

公爵　诬蔑我的话？好一个修士，

胆敢教唆这个坏女人诋毁摄政！

把这个修士找来。

路西奥　殿下，昨天晚上，我还在监狱

1　洛度维克修士（Friar Lodowick）：公爵假扮修士时用的化名。

	看见她和这个修士。他是个
	不懂规矩、令人讨厌的家伙。
修士彼得	上帝保佑殿下!
	我一直站在您身边,听出来
	您受了欺骗。首先,这个女人
	罔顾事实,控诉摄政。他根本
	没有碰她或者玷污她的身体,
	她纯属无中生有。
公爵	我相信你的话。
	你认识她说的洛度维克神父吗?
修士彼得	认识,他是一位神圣高洁的人,
	不像这位先生所说那样,
	既不讨厌,也不爱管闲事;
	而且请相信我,他从来
	没有在背后污蔑过您。
路西奥	殿下,相信我,他骂得可难听。
修士彼得	好吧,到时候他会出来澄清自己,
	可眼下他正生病,一种奇怪的热病,
	我来此地正是受他委托,殿下,
	因为他听说有人诬陷安吉鲁大人,
	要我原原本本说出真相,
	道出他所知道的真真假假,
	将来无论什么时候被传唤,
	他都愿意出场宣誓并作证,
	让真相大白。首先,对这个女人,
	为了给这位公然遭受诬陷的
	大人辩白,我要当面驳倒她,

　　　　　　　直到她自己承认有罪。

公爵　　　　好神父，让我听听。　　　　　　　　伊莎贝拉被押下

　　　　　　　你是否觉得可笑，安吉鲁大人？

　　　　　　　天哪，这些可怜的傻瓜自作聪明。

　　　　　　　给我们拿几把椅子。

　　　　　　　来吧，安吉鲁贤弟，

　　　　　　　这一次，我要置身事外，

　　　　　　　你的案子你自己来审理。

玛丽安娜戴面纱上，有人为公爵与安吉鲁拿来椅子

　　　　　　　这位是证人吗，神父？

　　　　　　　先让她露出真容，然后再发言。

玛丽安娜　　（跪地？）请原谅，殿下，我不会取下面纱，

　　　　　　　除非我的丈夫命令我。

公爵　　　　怎么，你是结了婚的？

玛丽安娜　　没有，殿下。

公爵　　　　你还是个姑娘？

玛丽安娜　　不是，殿下。

公爵　　　　那么，是个寡妇？

玛丽安娜　　也不是，殿下。

公爵　　　　怎么，姑娘，寡妇，有夫之妇，你都不是？

路西奥　　　殿下，她也许是个婊子，因为不少婊子，姑娘、寡妇、有
　　　　　　　夫之妇这三样都不是。

公爵　　　　那家伙不许开口。等会儿有事，
　　　　　　　再让他喋喋不休。

路西奥　　　遵命，殿下。

玛丽安娜　　殿下，我承认我不曾结婚，
　　　　　　　我也承认我不再是个姑娘。

我已经和我的丈夫发生了关系，
但是我的丈夫还蒙在鼓里。

路西奥　那么他定是喝醉了，殿下，定是如此。

公爵　为了你闭嘴，请你也喝醉。

路西奥　遵命，殿下。

公爵　这个人不能替安吉鲁大人作证。

玛丽安娜　殿下，我现在就说到正题。
那个女人控告他奸淫，就等于
在控告我的丈夫犯了同一罪行；
而且她指出他犯罪的时间，
那时我正把他搂在怀里，
相互恩爱，如胶似漆。

安吉鲁　除我之外，她还控告他人？

玛丽安娜　我不知道还有别人。

公爵　不知道？你在说你丈夫。

玛丽安娜　不错，殿下，那人正是安吉鲁。
他还以为不曾碰过我的肉体，
始终认为那是伊莎贝拉。

安吉鲁　这真是离奇的骗局。让我看看你的脸。

玛丽安娜　我丈夫命令我了，我现在取下面纱。（撩起面纱）
狠心的安吉鲁，看看这张脸，
你当初发誓说它秀色可餐；
看看这只手，你曾抓住不放，
信誓旦旦；看看这身体，
就是这身子代替伊莎贝拉赴约，
在你的花园别墅中
供你一晌贪欢。

公爵	你认识这个女人吗？
路西奥	照她说，还打得火热。
公爵	住口！
路西奥	不说了，殿下。
安吉鲁	殿下，我承认我认识这个女人，
	五年前，我和她曾经讨论过
	婚姻大事，只是没有结果，
	部分因为她许诺的嫁奁
	未达定数；但主要因为
	她行为轻浮，有失检点。
	我以名誉发誓，五年来，
	我不曾和她见面交谈，
	也不知道她的消息。
玛丽安娜	（跪地？）高贵的殿下，
	正如天上有光，人口有言，
	美德和真理，不可分离，
	我和这个男人早已订下婚约，
	我们的誓言千真万确。殿下，
	星期二晚上在他的花园别墅，
	他和我有了夫妻关系。
	说完实情，我才能安然站起，
	不然，就让我永远跪在此地，
	变成石刻的雕像！
安吉鲁	直到现在我还觉得可笑。
	殿下，现在请赐给我审判大权，
	我实在忍无可忍。我看出
	这两个疯疯癫癫的女人

只不过是某个大人物

操纵的工具。殿下，

让我来揭发这个阴谋。

公爵　好，我衷心赞成，

照你的心意惩罚她们。

愚蠢的修士，恶毒的女人，

与刚才那个女人勾结，你的咒语

就算可以召唤一切圣人圣女，

难道就能作为供词损伤他无瑕的

功绩和名声吗？爱斯卡勒斯大人，

你和我的贤弟一起审理此案，

尽你所能帮他揭穿这个骗局，

找出主使之人。还有一个修士

教唆他们，传他到场。（公爵起身，爱斯卡勒斯就座）

修士彼得　但愿他就在此，殿下，因为确实

是他指使这两个女人来喊冤。

您的典狱长知道他住在何处，

可以把他找来。

公爵　马上去找。　　　　　　　　　　　典狱长下

至于你，我大权在握的贤弟，

此案与你有关，你有全权查办；

对你所受的诽谤应该如何惩治，

完全由你作主。我要暂时

告退片刻，但你们不要离开，

先把这些诬告者审理清楚。

爱斯卡勒斯　殿下，我们一定审个水落石出。　　　公爵下

路西奥先生，你刚才是不是说你知道洛度维克修士不是个

老实人？

路西奥　"穿长袍者未必都是神父"[1]，除了服装像回事，未必是个好东西，而且他骂公爵的话极其下流。

爱斯卡勒斯　请你留在此处，等他来，当面和他对质。这位修士大概是一个难缠的人。

路西奥　我敢保证，他的难缠不亚于维也纳的任何人。

爱斯卡勒斯　再把伊莎贝拉叫来，我有话问她。（一侍从下）
（对安吉鲁）大人，请您准许我来讯问，看看我怎么对付她。

路西奥　照她的话来讲，你也不咋样。

爱斯卡勒斯　这是你说的？

路西奥　大人，我想，你如果私下对付她，[2] 她很快就会招认；可是当着这么多人，她说不定会非常害臊。

扮作修士的公爵、典狱长、伊莎贝拉与众差役上

爱斯卡勒斯　我要私下讯问她。

路西奥　这就对了，因为半夜的女人身体轻浮。

爱斯卡勒斯　过来，小姐，你说的一切这位女士都否认。

路西奥　大人，典狱长押来的这个人就是我说的流氓。

爱斯卡勒斯　来得正是时候。我不叫你，你不可对他说话。

路西奥　嗯。

爱斯卡勒斯　过来，先生，是你指使这两个女人来污蔑安吉鲁大人的吗？她们已经招认了。

公爵　一派胡言。

爱斯卡勒斯　怎么？你可知道你是在什么地方？

公爵　我应该向你们的高位敬礼。

1　拉丁谚语，拉丁语原文为：*Cucullus non facit monachum*。
2　你如果私下对付她（if you handled her privately）：此处有猥亵之意。

　　　　　　　魔鬼坐在发烫的宝座上也受人尊敬。
　　　　　　　公爵在哪里？他才配听我讲话。

爱斯卡勒斯　公爵由我来代替，
　　　　　　　我来听你讲，你要从实招来。

公爵　　　至少可以放开胆子讲。可怜的人啊，
　　　　　　　难道你们要到狐群中寻找羔羊？
　　　　　　　你们的冤屈已经没有指望！
　　　　　　　公爵走了？你们的冤情也要泡汤。
　　　　　　　公爵草率地驳回你们的申诉，
　　　　　　　却把你们的案件让你们控告的
　　　　　　　坏蛋来审理。

路西奥　　这就是那个流氓，我说的就是他。

爱斯卡勒斯　哼，你这个放肆无耻的修士，
　　　　　　　你唆使这两个女人控告好人
　　　　　　　还嫌不够，居然出言不逊，
　　　　　　　当着他的面，恶语中伤；
　　　　　　　不但如此，还扯到公爵殿下，
　　　　　　　责怪他办案不公。把他带走，
　　　　　　　给他上刑！我要一节一节
　　　　　　　扯断他的筋骨，好让他招供。
　　　　　　　什么？不公正？

公爵　　　不要如此暴躁。公爵也不敢
　　　　　　　扯断我的指头，就像他不敢在他
　　　　　　　自己手上用刑。我不是他的臣民，
　　　　　　　也不受他管辖。我有事到此，
　　　　　　　冷眼旁观维也纳，我看到这里
　　　　　　　腐败如沸汤溢出鼎镬，到处弥漫；

虽有各种法律，但是罪恶被
包庇纵容，使得严厉的规章
变成剃头铺里的琐碎罚单[1]，
让人看着不禁耻笑。

爱斯卡勒斯　胆敢诽谤朝政！把他关进牢房！

安吉鲁　你要告发他什么，路西奥？
你对我们说的是不是这个人？

路西奥　正是他，大人。过来，秃瓢[2]，你还认识我吧？

公爵　我记得你的声音，先生。公爵外出的时候，我曾在监狱遇
见过你。

路西奥　哦，是吗？你还记得你是怎么议论公爵的吗？

公爵　记得清清楚楚，先生。

路西奥　是吗，先生？你当时说公爵是淫棍、傻瓜、胆小鬼，你可
承认？

公爵　如果你把这话强加于我，先生，你必须先和我调换位置；
这么说他的正是你，而且你说得还要不堪入耳。

路西奥　该死的家伙，你这么说，被我拧过鼻子，不是吗？

公爵　我声明，我爱公爵如同爱我自己。

安吉鲁　听，这混账肆意诽谤过后，现在就不认账！

爱斯卡勒斯　跟这种人没有道理可讲，把他送到监狱去。典狱长在哪
里？把他送到监狱去。（典狱长抓住公爵）给他戴上沉重的
枷锁，再不要让他胡言乱语。把这两个贱人也一起带走，

1　剃头铺里的琐碎罚单（the forfeits in a barber's shop）：伊丽莎白时代，理发匠会对店中行为
不端的客人加以警示轻罚，并将惩罚措施分等级列表公布。彼时理发匠亦兼牙医，并做小手
术。——译者附注

2　秃瓢（goodman baldpate）：修士须剃光头。

还有那个与她们合谋的同党！

公爵　　　（对典狱长）先生，且慢。

安吉鲁　　怎么，竟敢反抗？路西奥，帮帮忙。

路西奥　　来吧，神父；来吧，神父。哎哟，你这个秃头的流氓，你
　　　　　非要套着头巾不可？把你混账的脸露出来，倒霉鬼，让大
　　　　　家看看你的豺狼面目，然后再把你吊死！还扯不下来？

　　　　　（路西奥扯掉修士的头巾，公爵露出本相，众惊起）

公爵　　　你是第一个把教士造就成公爵的混蛋。

　　　　　典狱长，首先让我保释这三位。

　　　　　（对路西奥）别想溜，先生，因为修士

　　　　　有话要和你说。抓住他。（路西奥被拘捕）

路西奥　　（旁白？）这下恐怕比绞死还要糟糕。

公爵　　　（对爱斯卡勒斯）我不追究你刚才讲的话。你坐下，

　　　　　我要请他让位了。——

　　　　　（对安吉鲁，坐到安吉鲁座位上）先生，得罪了。

　　　　　你现在是否还有什么言语、才智或

　　　　　厚颜无耻给你帮忙？如果有，

　　　　　赶紧毫无保留说个痛快，

　　　　　再听听我要讲的故事。

安吉鲁　　哦，威严的殿下，

　　　　　我看到您像天上的神明，

　　　　　能俯视我的一切行为，如果

　　　　　我自以为还可以有所隐瞒，

　　　　　那真是罪加一等。好殿下，

　　　　　不要再当众查办我的丑事，

　　　　　让我自己审查，自己招供；

　　　　　而后立刻判决，赐我一死，

这是我乞求的唯一恩典。

公爵 过来，玛丽安娜。——

（对安吉鲁）说吧，你是否和这个女人有过婚约？

安吉鲁 是的，殿下。

公爵 领她去，立刻和她成婚。——

神父，请你主持婚礼；婚礼之后，

再带他回来。——你跟他去，典狱长。

安吉鲁、玛丽安娜、修士彼得与典狱长下

爱斯卡勒斯 殿下，这件事实在离奇，

不过，我更吃惊的是他的无耻。

公爵 过来，伊莎贝拉。

从前的神父现在成了你的君主。

当初我对你的事情十分关注，

现在虽换了衣服，心意如故，

仍然愿意为你效劳。

伊莎贝拉 啊，请您宽恕！

我是您的小民有眼无珠，

竟然叨扰了您的大驾。

公爵 恕你无罪，伊莎贝拉。

亲爱的姑娘，也请你把我宽恕。

我知道，你仍难忘你弟弟的死，

你也许不解我为什么隐姓埋名，

暗中救他，眼看着他送死，

也不肯直接动用我的权力。

啊，最善良的姑娘！我以为

他的死期会慢慢到来，谁知

来得那么快，令我措手不及，

打乱了我的计划。愿他安息！
他再不用害怕死亡，比活着时
担惊受怕要好得多。你弟弟已经
永获幸福，你应该感到宽慰。

伊莎贝拉　我也这样想，殿下。

安吉鲁、玛丽安娜、修士彼得与典狱长上

公爵　　　走过来的这位新婚男子，
他曾以淫邪的想象玷污你无瑕的贞操，
不过，看在玛丽安娜的面子上
你应该宽恕他。他判你弟弟死刑，
但是他自己却有双重的罪恶，
不但夺人贞操，还破坏诺言，
将你弟弟的性命视同儿戏。
最仁慈的法律也要大声疾呼，
就算他自己也只能提出：
"安吉鲁给克劳迪奥，以命抵命！"
匆忙对匆忙，轻巧对轻巧，
相似换相似，一报还一报。
安吉鲁，你的罪行已经昭彰，
就算你想抵赖，也没有好下场。
我判你去那个同样的断头台，
和克劳迪奥一样在上面受死，
把他带走，立即执行！

玛丽安娜　啊，最仁慈的殿下，
您不能给我一个丈夫，却让我空欢喜。

公爵　　　让你空欢喜的是你的丈夫。
我觉得结婚于你有利，可以保护

你的名节，否则他已经把你奸污，

你终生都将受到世人的冷眼，

有无穷后患。至于他的财产，

虽然没收之后完全由我处置，

我念你守寡，给你作赡养，

你拿去找一个更好的男人。

玛丽安娜 啊，敬爱的殿下，

我不要别人，哪怕是更好的人。

公爵 再不要想他，我心意已决。

玛丽安娜 （跪地）殿下慈悲——

公爵 你是在白费力气。

带他去伏法。——（对路西奥）先生，现在轮到你了。

玛丽安娜 啊，我的好殿下！亲爱的伊莎贝拉，

陪我跪下求情，帮我说说话，

我有生之年都要为你效命。

公爵 你求她帮忙实在是异想天开。

如果她跪下来为这个人求情，

她弟弟的冤魂也会将石头的坟墓

打破，出来向她索命。

玛丽安娜 伊莎贝拉，可爱的伊莎贝拉，

请在我旁边跪下，举起你的双手，

不必说一句话，一切由我来说。

有道是，人无完人，皆有差错；

很多人起先有些小毛病，后来才

逐渐变好，我的丈夫也可能是这样。

伊莎贝拉，你肯不肯陪我跪下？

公爵 他要给克劳迪奥偿命。

伊莎贝拉	最宽宏大量的殿下，
	（跪地）请您看看这个罪人，只当我弟弟
	还在人间。我多少觉得，
	他在看到我之前，他的行为
	还算真诚；既然是这样，
	不如让他活命。我弟弟
	依法被处死，是咎由自取。
	至于安吉鲁，他的行为
	并没有实现他卑劣的企图，
	只能当作未遂的企图看待。
	企图只能算作思想，
	而思想不等于事实。
玛丽安娜	不过是思想呀，殿下。
公爵	你的请求纯属徒劳。站起来吧。（两人站起）
	我倒想起了另一桩罪行。
	典狱长，为什么克劳迪奥是在
	一个不寻常的时候被处决？
典狱长	是奉命行事。
公爵	你接到专门的行刑令了吗？
典狱长	没有，殿下，只有私人手谕。
公爵	为此我要将你革职，
	交出你的钥匙。
典狱长	饶了我吧，高贵的殿下。
	我当时也觉得不妥，但是并不确定。
	后来左思右想，真是后悔不及。
	我可以证明，狱中另有一人，
	按照那个手谕应当处死，

	但我留了他一命。
公爵	他是什么人？
典狱长	他叫巴那丁。
公爵	如果你对克劳迪奥也这么办就好了。
	去把他带来让我看看。　　　　　　　　　　典狱长下
爱斯卡勒斯	我很痛心，安吉鲁大人，
	像你这样聪明博学的人，竟然会
	堕落到如此地步，克制不住情欲，
	事后又丧失理智，专横跋扈。
安吉鲁	我也很痛心，我竟导致了
	这么多痛苦。我满心悔恨不能自拔，
	我只求一死，不望宽恕。
	我是死有余辜，但求速死。

典狱长、巴那丁、蒙面的克劳迪奥与朱丽叶上

公爵	哪一个是巴那丁？
典狱长	这个，殿下。
公爵	有一位修士对我说过此人。
	小子，听说你铁石心肠、冥顽不化，
	除了眼前这个世界什么也不懂，
	只知道得过且过。你已被判死刑，
	但是我赦免你一切尘世的罪恶，
	希望你感念这份慈悲，痛改前非
	为来世造福。神父，我把他交给你，
	你好好开导他。那个蒙面的人是谁？
典狱长	这是另一个我挽救的犯人，
	在克劳迪奥处决时，他就该死，
	他和克劳迪奥长得一模一样。（取下克劳迪奥的面罩）

公爵	（对伊莎贝拉）如果他确实像你弟弟，为了他，
	我也要赦免此人；至于可爱的你，
	如果你愿意与我牵手，白头偕老，
	他也就是我弟弟。这事不用着急。
	这一来，安吉鲁感到安全了，
	我看到他的眼神又有了生气。
	好吧，安吉鲁，你是因祸得福：
	你要爱你的妻子，她的价值比你不低。
	我今天心情愉快，宽大为怀，
	但是这里有一个却不能饶恕。
	（对路西奥）小子，你把我当作傻瓜、懦夫，
	好色、愚蠢又神志不清——
	我到底给了你什么好处，
	值得你这样赞不绝口？
路西奥	说实话，殿下，我不过是信口开河。如果您为此把我绞死，
	那就请吧；可是为了解恨，你抽我一顿鞭子也行。
公爵	先生，先抽鞭子，然后绞死。
	典狱长，向全城人民宣布：
	任何曾经被这个好色之徒
	奸污的女人——我听他说过
	他把一个女人弄得怀孕——
	请现在出面，我令他娶她为妻。
	婚礼完毕后，把他抽过鞭子再绞死。
路西奥	求求您，殿下，不要让我娶个婊子。您刚才还说，是我造
	就您成为公爵。我的好殿下，您总不能这么报答我，把我
	变成王八。
公爵	我以我的名誉发誓，你必须和她结婚。

我赦免你对我的诽谤，

其他罪过也一笔勾销。

执行我的命令，带他去牢房。

路西奥 殿下，娶一个烂货和压死[1]、鞭打、绞死也差不多。

公爵 诽谤君主，罪有应得。 众差役押路西奥下

克劳迪奥，你要补偿她为你受的苦。

祝贺你，玛丽安娜！安吉鲁，你要爱她：

我听过她的忏悔，深知她的美德。

爱斯卡勒斯，我的好朋友，多谢你，

多谢你的赤诚，以后再予酬答。

谢谢你，典狱长，为了你的谨慎周密，

我要给你安排一个更高的官职。

安吉鲁，请原谅他，他送给你的

不是克劳迪奥而是拉格金的首级，

这罪过值得宽恕。亲爱的伊莎贝拉，

我有一个请求，对你很有好处。

如果你侧耳聆听，欣然接受，

你我将不分彼此，一生携手。

现在前头带路，打道回宫，

许多事情还要与你们沟通。 众人下

---

1 压死（pressing to death）：古代的一种刑罚，用以惩治庭审中拒不说话的罪犯，以重石压其身上，直至求饶或压死为止。此处含有"纵欲过度而死"之义。